もののけ本所深川事件帖
オサキ鰻大食い合戦へ

高橋由太

宝島社
文庫

宝島社

もくじ

もののけ本所深川事件帖　オサキ鰻大食い合戦へ

御先狐【おさきぎつね】

俗に、飼い馴らすと飼主の命を奉じて種々の神変不思議なことをするという妖狐。尾裂狐。オサキ。

序

「おお、寒《さみ》い」

独り言を呟《つぶや》きながらも、植木職人の音吉《おときち》は、永代《えいたい》橋を抜けた先にある〝料理屋横町〟を歩いていた。

風邪も引いていないはずなのに、くしゅんとくしゃみが出た。

十一月十五日の七五三を控えた、肌寒い夜のことである。音吉の他に、歩いている者は見あたらなかった。

暮れ六つを過ぎたころのことで、酒を飲ませる店の他は、どこも閉まっていた。閑散とした夜道に、どこかの料理屋から、酒を飲んで騒いでいるらしき声が聞こえている。その声に誘われるようにして、

「もう一杯やって行くかね」

音吉は独り言を呟いた。植木を刈りに行った先のご隠居に、酒を振る舞われ、上機

嫌な一人歩きだった。

音吉としてみれば、飲んで帰りたいが持ち合わせが少ない。安い銭で飲ませてくれそうな店に寄って行くつもりで歩いていた。

しかし、料理屋横町には、職人が気楽に飲める一杯飲み屋などなかった。敷居の高そうな料理屋ばかりが軒を連ねている。

「このあたりは、気取った店ばかりだな」

と、文句を言って、朱引《しゅび》き通りの外れにある馴染《なじ》みの飲み屋へ向かおうと、料理屋横町を通りすぎようとしたとき、

「火事だ。誰《だれ》か、火を消してくれ」

夜の静寂を突き破る怒鳴り声が聞こえた。

酔っ払っているとは言え、音吉も江戸の住人。火事には慣れていた。小火《ぼや》のうちに消してしまわなければ、大火事になってしまう。しゃっきりとした足取りとなり、

「よし」

と、駆け出した。

怒鳴り声のあった方へ見当をつけ、火事の始末を手伝うつもりで、その料理屋へ入ろうとしたとき、音吉の目の前を、

ひらり――

――と、紅色の火の玉が掠《かす》めた。

「ひぃ」

と、音吉は娘のような悲鳴を上げ、その場にへたり込んでしまった。

火の玉なんて剣呑《けんのん》なものに、目の前を通られてはたまったものではない。腰が抜けてしまったのだった。

火を消し止めた料理屋の者が音吉に気づくまで、立ち上がることができなかった。

これが本所深川《ほんじょふかがわ》を騒がせた〝狐火《きつねび》騒動〟の始まりであった。

一　本所深川朱引き通り

「周吉《しゅうきち》つぁん、昼間から行灯《あんどん》なんぞつけて、何かあったのかい？」

油がもったいねえじゃねえか――。弥五郎《やごろう》の顔には、そう書いてあった。この弥五郎は、本所深川朱引き通りにある献残屋《けんざんや》、鵙屋《もずや》の番頭だった。献残屋というのは、武家相手に献上品の売買を行う商家のことである。掛軸や鎧兜《よろいかぶと》から、古道具まで扱っている。

江戸は、神君家康公《しんくんいえやすこう》の開いた武家の町であり、何かと格式張っていて、献上品やら贈答品やらが昼夜を問わず飛び交っている。しかし、義理ごとは、銭がかかる。その仲介をして、献上品や贈答品の売り買いをするのが献残屋だった。

日が傾きかけたころとはいえ、まだお天道様《てんとさま》が顔を出している時刻で、行灯などつけなくとも十分に明るい。奉公人に過ぎない周吉が好き勝手に行灯の油を使っていいわけがない。弥五郎の言っていることは、もっともだった。

しかし、よく見れば、行灯に油など入っていない。

これは、魂の宿った行灯の付喪神《つくも》で〝消えずの行灯〟と呼ばれている。面妖《めんよう》なことに、油もないのに部屋を明るくする。

いわゆる、もののけの一種である。

鵙屋には、恐ろしい品が持ち込まれることが多かった。日が落ちると絵の中の鼠《ねずみ》が飛び出してくる掛軸やら、髪が伸び続ける人形などが、店から一番離れたところにある〝もののけ部屋〟に置かれている。ひょんなことから、周吉が、この部屋で寝泊まりし、手入れをすることになったのだった。

〝消えずの行灯〟の手入れをしていても、少しもおかしくない。それなのに、

「油だって無料《ただ》じゃねえんだぞ。このごろは、火付けだ狐火だと物騒だしな」

弥五郎は文句を言い続けている。目の前にある行灯が、付喪神だと気づく様子もなかった。

そんな弥五郎に、周吉は言い返すでもなく、

「番頭さん、申し訳ございません」

ぺこりと頭を下げた。すると、

「まあ、次から気をつけておくれよ、周吉つぁん」

番頭と呼ばれて気をよくしたらしく、弥五郎は相好を崩している。夏過ぎに番頭になったばかりの弥五郎は、まだ番頭と呼ばれなれていない。

と、そのとき、

――うるさい弥五郎さんだねえ。

周吉の懐から、白狐《びやっこ》が、ちょこんと顔を出した。しかも、

――おいらが齧《かじ》ってやろうか?

剣呑なことを言っている。

よく人に憑《つ》くといわれている動物に〝オサキ〟と呼ばれるものがある。この懐の白狐がオサキである。

「どんな動物なのか」とこれを見た者に聞いてみると、「鼠よりは少し大きく、茶、茶褐色《かっしょく》、黒、白、ブチなどいろいろな毛並みをしており、耳が人間の耳に似ていて、四角い口をしている」という。

人と同じものを食うが、食わなくとも死ぬことはない。さらに、不思議なことにオサキは糞《ふん》をしないとされている。鼠に似ていて、尾が裂けていることからオサキなのだそうだ。

しかし、周吉の懐のそれは、どこをどう見ても白狐だった。鼠には見えない。雪の

ように白銀色の毛並みをしている。確かに尾は裂けているが、その他は仔狐そっくりな姿をしていた。だが、もちろん、ただの狐ではない。

——おいら、狐じゃないよ。

懐から、ちょこんと顔を出しては、生意気なことばかり言っている魔物だった。周吉のように、オサキに憑かれた人間のことを〝オサキモチ〟と呼ぶ。オサキモチは不思議な力を持っているとされている。

（おとなしくしていておくれよ）

周吉はオサキに釘《くぎ》を刺す。

この二人のやり取りが聞こえない弥五郎は、

「旦那さんがお呼びだぜ、周吉つぁん」

と、言うと〝もののけ部屋〟から出て行ってしまった。

鵙屋には、奉公人が五人しかいない。

日本橋の大店に比べれば、店構えも奉公人の数も、ぐんと小さかったが、本所深川の商家の中では決して小さくはない。それでも、手が足りなければ、主人だろうと小女だろうと商いに精を出す。小僧も番頭も関係なく働くような店だった。

主人夫婦の部屋へ行くと、安左衛門《やすざえもん》がひとりで座っていた。おかみのしげ女《じょ》の姿は見えない。

安左衛門は、周吉の姿を見るや、挨拶《あいさつ》もそこそこに、

「これから、見回りへ行って来てくれないかね」

と、言った。

商売の他にも、寄り合いだの祭りの寄付だのと忙しい。それを手配するのは番頭の仕事であった。周吉に見回りを命ずるのも、番頭である弥五郎の役目。わざわざ主人である安左衛門が口を出すことではない。

「へえ」

と、返事をしながらも、怪訝《けげん》な顔の周吉に、

「弥五郎も番頭になったばかりなのだから、助けてやっておくれよ」

と、安左衛門は言った。

どうやら、こちらが本題であったらしい。

最近、鵙屋の番頭がかわったのであった。

先代から勤めていた忠義者の番頭が辞めた後、次の番頭が決まらず、店をひっくり返すような大騒ぎが起こった。

物腰は柔らかく、男ぶりのいい周吉は町でもやり手の手代として評判で主人の信頼も厚かった。

普通に考えれば、次の番頭は、弥五郎ではなく、周吉となりそうなものである。しかし、周吉を番頭にできない理由があった。

――お琴《こと》のお婿になるんだもんねえ。ケケケケケッ。

主人の安左衛門が、周吉を娘の婿にしたがっているのだった。一人娘のお琴も、周吉に惚《ほ》れているということもあり、番頭ではなく、若旦那にしようという話が持ち上がっているのだった。

そのお琴、商家の一人娘らしく、勝ち気で世間知らずなところがあるものの、江戸中から縁談が持ち込まれるほどの器量よしであった。先日も、どこぞの料理屋の若旦那がお琴を見初めて、嫁に欲しいと頭を下げに来たという。

そんな縁談を片っ端から袖《そで》にして、若い男たちの恨みを買いながらも、周吉に惚れているというのだ。そのことで、毎日のように、周吉はオサキにからかわれていた。

――鵙屋の若旦那だねえ、周吉。

（いい加減におしよ）

と、言い返すものの、周吉の顔は真っ赤になっている。

そんなわけで、商い下手で何の取り柄もないように思われた弥五郎が番頭になった。

その話を聞いて、弥五郎のことをよく知っている本所深川中の連中が、口々に、

「あれが番頭じゃあ、鴫屋もお終《しめ》えだろ」

と、言い立てたが、商売というのは分からないもので、蓋《ふた》を開けてみれば、この弥五郎、なぜか武家筋のウケがよかった。

そこが周吉には分からない。どうしたって、先代の番頭と比べてしまう。

先代の番頭はやさしい男ではあったけれど、商いの躾《しつけ》は厳しかった。山奥の村生まれで、商いのことなど何も知らぬ周吉は、口のきき方から、箸《はし》の上げ下ろしまで、殊の外、厳しく仕込まれた。

「何度、言ったら分かるんだね?」

「だって、おいら――」

「〝おいら〟じゃなくて、〝わたし〟だろ、周吉」

と、江戸の商人の言葉遣いを教えたのも、先代の番頭であった。

中でも、周吉が苦労したのは、そろばんだった。貧しい村の出である周吉は鴫屋へやって来るまで、そろばんなんて見たこともなかった。何度、教えられても呑み込めなかった。いつだって、帳面を鼻先に突きつけられ、厳しい口調で叱《しか》られていた。

「こいつができるまで、飯は抜きだからね、周吉」

先代の番頭は、根が真面目な男だけあって、商いのこととなると、ちょいとばかり行き過ぎてしまうところがあった。

十五の周吉に飯抜きはこたえる。べそをかくような歳ではないのに、気がつくと、目が潤んでいた。そんなとき、

「しごかれているねえ」

と、おかみさんのしげ女が握り飯を、そっと持ってきてくれるのだった。

握り飯を頬《ほお》張りながら、必死にそろばんを弾《はじ》いて、ようやく商人らしくなったのだった。主人夫婦はもとより、今となっては厳しく仕込んでくれた先代の番頭に感謝していた。

周吉が先代の番頭贔屓《びいき》であることを差し引いても、この弥五郎ときたら、不器用で、そろばんも今ひとつ。客あしらいも上手いとは言えなかった。弥五郎なりに一生懸命やっているようではあったが、面倒なことが起こると、肝っ玉が小さいためか、

「周吉つぁん、後は頼んだぜ」

と、厄介ごとを押しつけ、どこかへ逃げてしまう。

こんな調子なのに、武家客には先代の番頭よりも評判がよいらしく、名指しで呼ば

れることも、しばしばだった。

どうして弥五郎の評判がよいのか、周吉には、とんと分からない。

――周吉には分からないだろうねえ。

と、オサキは気まぐれに弥五郎の味方をする。

得意なのは、知ったかぶりだけではない。

――弥五郎さんのおかげで、お琴と一緒になれるねえ。ケケケケケッ。

周吉をからかうことも忘れないオサキだった。

周吉を婿に迎えようとしている安左衛門は、まだ四十路《よそじ》に足を踏み入れたばかりの小男である。若隠居流行《ばや》りの世の中ではあったけれど、さすがに、ちょいとばかり隠居は早すぎる。病持ちであれば、隠居したがるのも分からないではないが、ときおり食いすぎて腹を下す他は健康そのものだった。

周吉もお琴も、見た目からして子供っぽく、至って頼りない。

こんな二人を、いきなり夫婦にして、鵙屋の暖簾《のれん》を譲ろうと考えるのは不思議なことで、誰に聞いても、「ちょいと早いんじゃねえのかい?」と言われてしまう。口うるさい武家相手の商いが、貫禄《かんろく》のない周吉とお琴にできるとは思えないのだろう。

なぜ、こんなにあわてて代替わりを急いでいるのかというと、安左衛門ときたら、女房のしげ女に惚れ切っているからだ。鵙屋を放り出して、しげ女と二人で物見遊山の旅に出たがっていた。

それはそれとして、見回りである。

「狐火騒動を知っているだろ？」

狐火というのは、火の玉の化け物のことであり、鬼火と呼ばれることもある。霊力を持った狐が、火の玉に化けて、宙を舞っているものだった。百年の歳月を生き長らえると霊力を持ち、狐火に化けることができるようになるという。普通の狐火は青白いことが多いが、昨今出没している狐火は紅色だといい、火付けをするのだという。

さらに、どんな理屈だか分からぬが、料理屋ばかりを狙《ねら》うというのだ。

（狐は銭が好きで食い意地が張っているからねえ……）

だから、銭と食いもののある料理屋をつけ狙うのではないか。懐の狐に似た魔物を毎日のように見ているので、そんなことを思っていた。

が、それは違うらしい。

――もの知らずな周吉だねえ。

狐火が料理屋を燃やすわけがない。そんなことをしたら、銭をもらえなくなってしまう。

つまり、稲荷《いなり》神社のつかわしめである狐は、銭が大好きだと言われていた。賽銭《さいせん》の分だけ、願い事を叶《かな》えてくれるのだそうだ。

燃やしてしまったら、賽銭なんぞもらえなくなる。銭主を殺すような馬鹿《ばか》はいない。

狐火が付け火をするなんて話は聞いたことがない。

しかし、元々、八百万《やおよろず》の神のほとんどは祟《たた》り神である。心を込めて崇《あが》めれば何らかの見返りがあるが、粗末に扱うと、とたんに祟られる。その結果、火事になってもおかしくはない。

狐火騒動のおかげで、本所深川の料理屋の者たちはびくびくと暮らしていた。家々の密集している江戸の町では、火事が起こると一軒では済まない。隣家へ延焼してしまう。ほんの少しの不始末のはずが、近所中を灰にしてしまうことも珍しくはない。

そのことから、火を扱う料理屋稼業は疎《うと》まれていた。小火なんぞ起こそうものなら、追い出されてしまう。運よく追い出されなくとも、小火の後は閑古鳥。客が寄りつかず潰《つぶ》れてしまう店はいくらでもあった。江戸の町には、食いもの屋は数えきれぬほどあって、町人たちにしてみれば、わざわざ小火を起こした店へ行く必要はない。

料理屋は小火に過敏であった。表沙汰《おもてざた》にしたがらない。もみ消せるなら、銭を払ってでももみ消してしまう。

——面倒くさい商売だねえ、ケケケケッ。

オサキは呑気に笑っているが、献残屋だって、小火を起こしては命取りになる。万一、大火になればきついお調べが待っていて、常連客の武家の名が何かの拍子で表に出ないともかぎらない。そんな不始末があっては、武士としては末代までの恥。そうでなくとも、縁起を担ぐ武家相手の献上品である。火事などという縁起の悪い事件を起こした店に、近づくはずはない。鵙屋としても、丸っきりの知らん顔を決め込むことなどできない。

周吉に狐火騒動を問うと、再び「へえ」と返事をした。しかし、本所深川では、妖《あやかし》など少しも珍しくない。

珍しくないどころか、本所七不思議を絵に描いて売っている店があるくらいだ。実際、鵙屋にも、七不思議のひとつ〝送り提灯《ちょうちん》〟の絵がある。それは、寂しい夜道に、腰元姿の女が提灯を持って、男を送っている絵だった。男の家の近くまで来ると、提灯もろとも女が消えてしまうというのだ。そんなふうに、妖でさえ、すっかり名物になっていた。化け物話くらいで騒ぐ連中など、本所深川界隈《かいわい》には一人もいない。

しかし、妖が火付けをするという話は、これまで聞いたことがなかった。人が妖を捕まえることは難しいが、火を消すことくらいできる。つまり、火を消すための見回りをして欲しいと言うのだ。

安左衛門も顔を顰《しか》めている。

「剣呑な狐もあったものだ」

狐と聞いて、懐から、オサキが、ちょこんと顔を出した。

――お江戸のお狐は剣呑だねえ。ケケケケケッ。

剣呑と言えば、周吉の懐で、のうのうと暮らしているオサキもかなりのものだった。魔物だけあって、人のひとりやふたり殺《あや》めかねない。火付けくらいであれば、平気でやりかねないオサキであった。

（狐火って、おまえじゃないよね？）

周吉は聞いてみる。

――おいら、狐じゃないよ。

オサキは言い張っている。狐ではなく、オサキだと言うのだが、尾が裂けている他は、周吉にも見分けがつかない。

「――それじゃあ、頼んだからね」

と、言うと安左衛門は帳面をめくりだした。

その様子を見た周吉が、挨拶もそこそこに主人夫婦の部屋から出たとたん、

──変なにおいがするねえ。

オサキが鼻をひくひくし始めた。

（においって、何のにおいだい？）

周吉はオサキほど、鼻が利かない。

──焦げ臭いにおいがするねえ。

（まさか）

さっき聞いたばかりの狐火が、周吉の頭をよぎった。

──鵙屋のお庭の方で、焦げているみたいだねえ。

周吉は駆け出した。


「秋の日は釣瓶落し」とは、よく言ったもので、さっきまで明るかったはずの空が、いつの間にか暮れ始めている。鵙屋の庭先も、すっかり薄暗くなっていた。

そんな夕暮れの庭先に、娘の姿があった。ふたりいるようだ。

──お琴とお静《しず》がいるねえ。

小女のお静が、お琴のそばでおろおろしている。いつものお琴と様子が違う。泣いているようだった。

「お嬢さん、どうかしたんですか？」

と、声をかけてみたものの、お琴は答えない。

そばに行ってみると、お琴の目の前に皿が置いてあり、その上には、真っ黒い棒のようなものが置かれていた。お琴は、その皿の上の棒を見つめているらしい。

周吉には、皿の上の棒が何なのか分からない。

「ええと……」

やはり言葉が出て来ない。しばらくの沈黙の後に、周吉は、ようやく、

「こいつは何ですか？」

と、聞くことができた。

「お魚よ」

お琴はしゃくり上げながら答えた。

「え？　魚ですか？」

と、不思議顔の周吉を相手に、

「お静に教えてもらって、秋刀魚《さんま》を焼いてみたんだけど……」

「はあ……」

目の前にある真っ黒なものは、かつて海の中を泳いでいた秋刀魚という乙なもので

あったらしい。今では真っ黒な棒であった。食いものには見えない。

お琴の隣で、お静が苦い薬を間違えて嚙《か》んでしまったような顔をしている。そして、妙な顔をしているのは、お静だけではなかった。

――秋刀魚が火事になったんだねえ。

オサキですら、お琴の秋刀魚を見て、目を丸くしている。

「上手に焼けなかったの」

お琴が言った。どこをどう見ても焼き魚には見えない。

――秋刀魚がもったいないねえ。

(あのねえ……)

お琴のために、何か言ってやろうとしたものの、言葉が出て来なかった。ちょいと焦がしただけならかわいいものだが、お琴の秋刀魚は消し炭のように真っ黒になっている。これでは庇《かば》いようがない。

周吉は無言で箸を持つと、かつて秋刀魚だったものを持ち上げてみた。

(固そうだねえ……)

棒を箸で持ったような感触であった。誰がどう見ても焼きすぎである。イモリの黒焼きだって、ここまで黒焦げにはしない。

「ずいぶん、よく焼いたのですね」

思わず口走っていた。お琴は言い訳のように言う。

「ええ。だって、生ものは身体《からだ》に悪いって、お父つぁんに聞いたから」

（いくら身体に悪いからって……）

「お静みたいに上手に焼けなくて」

奉公人たちの飯の準備はお静の役割であった。

「小っちゃいころから、台所仕事をやっていましたから」と、言うだけあって、お静の包丁の腕前は玄人《くろうと》はだしであった。

——おいら、お静はいいやつだと思うよ。

と、オサキが言うのも、旨《うま》い料理を食わせてくれるからであった。料理が旨ければ魔物にも好かれるらしい。

一方、鵙屋の一人娘として、安左衛門に甘やかされて育ったお琴は、この歳になるまで台所仕事なんぞしたことがなかった。

総菜屋やおかずの荷売りの多い江戸では、お琴のように台所仕事をやったことのない娘も珍しくない。職人の町で、夫婦共稼ぎ、女も仕事を持っていることの珍しくない江戸では、おかずは作るものではなく買うものだった。

それが、このところのお琴ときたら、お静に料理を習っていた。

（お嬢さんは、いったい、何を考えているんだろうね）

――相変わらず、朴念仁の若旦那だねえ。

魔物が何か言っている。

――お琴の考えていることくらい、分からないのかねえ。

（オサキは分かるのかい？）

――おいら、周吉みたいな野暮天じゃないから。ケケケッ。

からかうばかりで、何も教えてくれないオサキであった。そうこうしていると、

「周吉さんのために焼いたのに……」

お琴がとんでもないことを言い出した。

「え……」

周吉が絶句する。そんな周吉の様子を見て、お琴の目からぽろぽろと涙が落ち始めた。

「お魚も焼けないなんて……」

――本当に駄目なお琴だねえ。ケケケケッ。

オサキは容赦がない。しかし、周吉としては、

「そんなことありません。ちゃんと焼けていますから」

と、言うより他はなかった。

「本当に？」

お琴は周吉の言葉に縋《すが》りついたものの、自分の秋刀魚を見て、

「こんなの食べられないわ」

盛大に涙をこぼし始めた。

こうなってしまうと、朴念仁の周吉は困ってしまう。庭先で、奉公先のお嬢さんに泣かれて往生しない奉公人はいない。

（オサキ、どうしよう？）

娘に泣かれて、魔物に助けを求める若者も珍しい。

――食べておやりよ、若旦那。ケケケケケッ。

オサキはあっさりと言った。

（これをかい？）

周吉は固まった。自分でも嫌そうな顔になっているのが分かった。瞼《まぶた》のあたりがぴくぴくと痙攣《けいれん》している。

そんな周吉の様子を見て、お琴の顔がくしゃくしゃになった。大雨になりそうな塩《あん》

梅《ばい》だった。

お静まで、周吉を見ている。お静の目は、お嬢さんの秋刀魚を食べてあげてください、と言っているようだった。

(これを食べるのかねえ……)

周吉は、焦げに焦げた秋刀魚をまじまじと見てみた。やはり秋刀魚には見えない。

それでも、お琴の泣き顔をちらりと見て、周吉は何度目かのため息をつくと、

(まあ、死にはしないだろう)

自分にそう言い聞かせると、ぱくりと黒いかたまりを口に放り込んだ。

苦かった。

まったく魚の味がしない。

それでも飲み込もうとすると、目が潤んで、むせ返りそうになった。まさか、お琴の目の前で吐き出すわけにもいかない。

仕方なく、無理やり飲み込んだ。

「すみません、お茶をください」

と、言うのがやっとだった。

——いい食いっぷりだねえ、若旦那。ケケケッ。

周吉はオサキを相手にする余裕もなく、必死に、お茶で、焦げたシロモノを胃の腑《ふ》に流し込んだ。お茶のおかげで、すんなりと秋刀魚を飲み込むことができた。

そんな周吉の様子を見て、何を勘違いしたのか、お琴が、

「あら？　周吉さん、お腹空いていらしたの？　もっと焼きましょうか？」

と、言い出したのには、周吉だけでなく、オサキまでもが目を丸くした。

――これ以上、お琴の秋刀魚を食べたら死んじまうよ。

「お嬢さん、もういいですから」

「でも、まだ秋刀魚が残っているから――」

「見回りへ行かなければなりませんから」

と、言うと、周吉はオサキを懐に、ほうほうの体でお琴の秋刀魚から逃げ出したのだった。

――おいら、火付けより、お琴の秋刀魚の方がおっかないけどねえ。ケケケケケッ。

（あのねえ……）

お琴を庇《かば》おうとするが、それ以上、言葉が出て来ない。オサキは、そんな周吉に構わず、

──見回りなんて面倒くさいねえ。

確かに楽ではない。しかし、

「お上《かみ》なんぞ、あてにしていたら、何もかも灰になっちまう。ここは、みんなで何とかしようや」

武士である与力や同心は、町場の小火ごときでは滅多に動かない。それこそ、大火事になって、人でも死なぬかぎり放っておかれる。享保のころにできた町火消しにしても、本所深川を見回るには人手不足であった。結局のところ、町場の者たちが、入れ替わり立ち替わり、見回りするより他に方法がなかった。

そして、小火が起こっても、誰一人として番所へ届けようとしないのは、与力同心が動いてくれないからという理由だけではない。それは建前に過ぎなかった。

──銭《おあし》はかかるし、面倒くさいものねえ。

魔物のくせに、オサキはよく知っている。

奉行所あたりへ呼び出されようものなら、けっこうな銭がかかってしまう。町役人と家主が雁首《がんくび》を揃《そろ》えて行く決まりになっており、日当から食事まで小火を出した家の者が持たなければならないのであった。

奉行所へ行かないようにすることもできなくはないが、それはそれで事件をもみ消すために、岡っ引きに賄《まいない》、袖の下をつかませなければならない。いずれにせよ、内々に済ませることができなければ、銭がかかってしまう。

――だったら、自分たちで見回りをした方がいいものねえ。

そんなこともあって、本所深川の連中はお上を頼らない。自分たちで解決しようとするのが常だった。

狐火騒動も、自分たちの力で何とかしようと思っているのだろう。しかし、

――狐火が付け火なんかするわけないのにねえ。

（それじゃあ、どうして、火付けの現場に狐火があらわれるんだい？）

――さあね、おいら知らないよ。ケケケケケッ。

と、そんなことを話しながら、歩いたものの、この日の見回りでも、火付けや紅色の狐火を目にすることはなかった――かに思えたとき、

――狐火がいるよ。

オサキがそれを見つけた。

見回りを終えて鵙屋へ戻る道中のことであった。

見れば、狐火がふらふらと宙を舞い、鵙屋へ向かっている。話に聞いている紅色の狐火ではなく、青白い炎の塊であったが、狐火は狐火。ましてや、鵙屋へ向かってい

るとあっては、放っておくことはできない。
周吉は足を速めた。
しかし、それに追いつく前に、
――消えちまったねえ。
闇に溶けるように、狐火がどこかへ行ってしまった。
（あれは何だったんだろうね？）
話に聞いていた狐火と炎の色も違うし、性質《たち》の悪い魔物には思えなかった。周吉は
怪訝に思い、しきりに首をひねっていた。その懐では、
――おいら、知らないよ。ケケケケケッ。
と、相変わらずのオサキだった。

二　藤吉の油揚げ

見失った狐火をどうしようかと首をひねっていると、遠くから豆腐売りの声が聞こえて来た。夕餉《ゆうげ》の時分にあわせて売り歩いているのだろう。

オサキが主張し始めた。

──おいら、お腹が空いちまったよ。

そう言われてもどうしようもない。

（まだご飯じゃないよ、オサキ。もうちょっと、待っていなさいな）

──本当に野暮な若旦那だねえ。耳まで野暮になっちまったのかい？

（え？）

──豆腐屋の声が聞こえるだろ？　あれは藤吉《とうきち》さんの豆腐だよ。あそこの油揚げは、乙だって知らないのかい？

オサキが言うには、藤吉の作る油揚げは、江戸で一番の豆腐屋である升屋《ますや》の油揚げには劣るものの、精魂込めて、しっかりと作られているらしい。頬が落ちるほど旨いと評判であった。

——藤吉さんの油揚げで、おいら、手を打つよ。

オサキは、見回りの褒美をねだっているらしい。

（おまえは何もしていないだろう？）

懐でケケケと笑っていただけである。

——おいら、頑張ったのに、ひどいや、周吉。

と、オサキは頬をふくらませた。江戸へ来てから、わがままになる一方だった。

確かに、一足早く狐火に気づいたのはオサキであったし、ふて腐れたままにしておくのも面倒くさい。だから、

（豆腐売りの油揚げでいいんだね？）

と、周吉は折れた。とたんに、

——ケケケッ。

機嫌がよくなるオサキだった。

藤吉の油揚げをオサキに食わせるため、鵙屋から少し歩いたところの稲荷神社へや

って来た。

みなに忘れられてしまったような寂れた神社であった。「伊勢屋《いせや》、稲荷に犬の糞」というくらい、江戸の町にはお稲荷さまが多かった。大事に手入れをされているところもあれば、この稲荷神社のように寂れているところも珍しくない。

人通りの少ない寂れた神社でなら、人目につかず、オサキに油揚げを食わせることができる。

周吉は、周囲に目を配ると、藤吉の油揚げを広げた。

（オサキ、お食べ）

周吉の懐から、白い粒が飛び出した。それは、仔猫くらいの大きさになると、藤吉の油揚げに食いついた。

（オサキ、行儀が悪いよ。いただきますくらい言ったらどうだい？）

猫にまたたび、オサキに油揚げ。周吉の言葉なんぞ聞いてやしない。あっと言う間に、藤吉の油揚げを食い終わると、ぺろりと口のまわりを舐《な》め回し、

――升屋さんの油揚げじゃないと、やっぱり食べた気がしないねえ。

そんなことを言っている。自分でねだったくせに、文句を言うオサキだった。それでも、オサキの表情は満足げであった。

——ケケケケケッ。

やはり旨いらしい。

たまには、自分でも食ってみようかと、油揚げを多めに買ったのに、結局、オサキが一枚残らず食ってしまった。周吉の分は一枚も残っていない。

（おまえねえ……）

周吉は呆《あき》れている。

しかし、オサキはどこ吹く風。油揚げを食って満腹になったのか、眠そうに欠伸《あくび》をすると、周吉の懐へ、ぴょんと潜り込んだ。

——おいら、眠くなっちまったよ、周吉。

早く鵙屋へ連れて帰れと言わんばかりのオサキであった。自分勝手な魔物に何か言ってやろうと口を開きかけたとき、

——面倒くさいのがいるねえ。

オサキが欠伸混じりに言った。そのオサキの言葉を追いかけるように、ふらりと、狐火が姿を見せた。

薄暗い闇に、青白い炎が浮かんでいる。それを見て、

——おいら、齧ってやろうか？

と、オサキが言った。油揚げを食べたついでに、狐火まで齧るつもりらしい。

狐火にオサキをけしかければ、簡単に片づくかもしれないが、何となく狐火の様子がおかしかった。飛んでいるのが、噂《うわさ》になっている紅色の狐火ではなく、青白い炎の塊であるということも気にかかる。もちろん、鵙屋へ向かった狐火を見逃すわけにはいかない。

(他に仲間がいるんじゃないのかねえ)

そんなことを考えていると、突然、深い闇に包まれた。

夜目が利くはずの周吉でさえ、何も見えなかった。自分の手足すら見えやしない。

闇の中に、何かの気配が漂っている。狐火よりも、ずっと大きくて、厄介なものの気配に周吉の背筋が冷たくなった。

「誰だい?」

と、口に出してみた。

しかし、その声は闇の中へ吸い込まれ、消えてしまった。深い涸《か》れ井戸に小石を落としたような心持ちだった。背中に、ぞくりと寒気が走る。

「誰かいるんだろう?」

と、再び、周吉は闇へ問いかけてみた。

すると。

闇の中に、いくつもの、ぼんやりとした青白い炎が浮かび上がった。

いつの間にやら、周吉とオサキは、数え切れないくらいの狐火どもに囲まれていた。

その数ときたら、十や二十ではない。しかも、闇の中にいるのは、狐火だけではない。

——他に、とんでもないやつがいるみたいだねえ。

オサキも気づいているようであった。

先刻から周吉の背筋を凍らせている何かが、ただの狐火のはずはない。なにせ、ただの人間ではない、オサキモチの周吉である。狐火ごときに翻弄《ほんろう》され、あまつさえ、背筋をぞくぞくとさせられるはずもない。

狐火どもは二人を遠巻きにしているだけで、近づいて来ようとしない。話しかけても返事はない。時が過ぎて行くばかりであった。

このまま闇の中で時を過ごしていても、どうにもならない。

（どうしたものかね……）

と、困っていると、急に目の前が明るくなった。

周吉とオサキは稲荷神社の前に立っていた。それは鵙屋の近くにある、いつもの稲荷神社ではなかった。

王子《おうじ》稲荷であった。

この王子稲荷は、信心深かった先代の番頭が、初午《はつうま》のたびにやって来ては熱心にお参りしていたところである。王子稲荷に足を踏み入れるのは、初めてのことだったが、先代の番頭から繰り返し話に聞いていたので、初めて見た気がしなかった。

見渡すかぎり、鬱蒼《うっそう》とした木々に囲まれ、稲荷神社の前方には榎《えのき》の大木が見えた。

この木が、いわゆる〝装束榎《しょうぞくえのき》〟である。

大晦日《おおみそか》の夜になると、関東一円の狐が集まり、狐火が群れをなしているところであった。狐たちは関八州《かんはっしゅう》稲荷の頭領である王子稲荷に挨拶に来ると言われていた。そして、狐は王子稲荷の親分狐に挨拶をする前に、榎の前で装束を整えるという。このことから、この榎の大木は〝装束榎〟と呼ばれていた。

（大晦日の夜でもないのに、ずいぶんたくさんの狐火が飛んでいるね）

数え切れないほどの狐火が飛んでいる。

――今年は豊作みたいだねえ。

装束榎の下を飛び交う狐火の数で、豊作凶作を占うのが習わしだった。そのことをオサキは言っているのだ。

相変わらず、狐火どもはオサキに怯《おび》えているのか、ひらひらと舞っているばかりで、

こちらへ近寄って来ようとしない。それなのに、

——周吉のことが、おっかないんだねえ。ケケケケッ。

オサキは周吉のことを化け物扱いする。

それはそれとしても、付け火騒動のことを考えると、狐火を見て、このまま帰ることはできない。放ってはおけない。

（中に入ってみよう、オサキ）

周吉は歩き出した。

——何だか胸が苦しいねえ。

オサキが言い出した。

周吉もひどく息苦しかった。ただならぬ気配を感じ取り、息苦しくなっていた。

（ちょいと、やばいかもしれないね）

それでも帰るわけにはいかない。周吉は足を踏み入れた。すると、

——お主らは、オサキモチとオサキだな？

二人の名を呼ぶ、妙にひんやりとした声が聞こえた。

見れば、いつの間にか、十間ほど先に大狐が立っている。銀色の毛が逆立っている。

薄暗い王子稲荷の境内に、ぽつんと佇《たたず》んでいた。

周吉は、先代の番頭の言葉を思い出した。そして、この大狐の正体に思い当たった。

先代の番頭は、こんなことを言っていた。

「王子稲荷には、おこんと呼ばれる狐の親分が棲《す》んでいて、江戸の外から魔物が入って来ないように、江戸の町を守っているんだよ」

この狐が、王子稲荷に棲むという親分狐のおこんであった。

おこんから伝わってくる冷たい妖気が、さっきから周吉を脅かしていた。今まで出会ったことのあるいかなる妖よりも強い妖気を放っていた。

(厄介だね)

――見つかっちまったねえ、ケケケケケッ。

オサキが首を竦《すく》めている。言葉とは裏腹に、おこんの妖気に気圧されているのか、周吉の懐から出ようとしない。

ひりひりとした冷気を発しながら、おこんが歩み寄ってきた。おこんの口が作りもののように動いた。

――何か用か？

しゃべることさえ息苦しかった。それでも、

「狐火が火事を起こしている。犯人は、おまえなのかい？」

周吉は聞いた。

——悪いお狐だねえ。

オサキも口を挟《はさ》んだ。

——火付けをするなんて、お江戸の狐はろくな者じゃないねえ。ケケケッ。

——火付けなどしておらぬ。

おこんは表情を変えない。嘘《うそ》をついているようには見えなかったが、本当のことを言っているようにも思えない。

「本当に火付けをやっていないのかね？」

——くどい。おこんがそのようなことをするはずがなかろう。

いつの間にか、おこんの周囲にいくつかの狐火が近寄ってきていた。おこんのことを守りに来ている家来のように見えた。

周吉は単刀直入に聞いた。

「じゃあ、狐火に付け火をさせたのかい？」

——そんなことはさせておらぬ。

おこんは言った。

——王子稲荷は徳川《とくがわ》家より「江戸の町を守れ」と言いつかっておる。その対償として寄進を受けているのだ。付け火などするわけがなかろうが。
オサキが懐から、おこん相手に言う。
――お江戸の狐は嘘つきだねえ。ケケケッ。
どこまで分かっているのか、オサキが笑っている。
「それでは、勝手に狐火が火付けをしたと言うのかい？」
周吉は食い下がる。
おこんは、表情を変えない。
――くどい。狐火が、そのようなことをするわけがなかろう。
「だったら――」
――人のしわざに決まっておる。
おこんは断言した。
――まあ、化け物より、人間の方がおっかないもんねえ。
しみじみとした口調でオサキが言った。それでも、
「普通の人間は、狐火など操れません」
周吉は言い返した。
付け火騒動の現場には、決まって紅色の狐火が出現していた。これを人間のしわざ

とするのは無理がある。しかし、

——ここの狐火は赤くないねえ。

王子稲荷には、見渡すかぎり青白い炎が並んでいる。紅色の狐火など、どこにも見えない。おこんが隠しているのだろうか。

周吉の考えていることが分かるのか、おこんは言った。

——ここに紅色の狐火はおらぬ。しかし、存在しないわけではない。

言っていることの意味が分からなかった。何を言っているのか分からない。そんな周吉におこんは説明した。

——その狐火は、朱引き稲荷の〝ベニ様〟だ。紅色の狐火はベニ様しかおらぬ。

「ベニ様？」

朱引き稲荷というのは、火事の多い江戸を鎮めるため、家康が江戸城の近くに作った神社のことで、そのつかわしめとして、江戸の町を守っていたのが〝ベニ様〟と呼ばれる狐であるという。朱引き稲荷の境内には、紅色の狐の石像が置かれている。

しかし、鎮まるどころか、朱引き稲荷を信心していた娘が火事を起こしてしまい、疎まれ、参拝客も来なくなってしまった。そうかと言って、家康が作ったものを取り壊すわけにもいかず、幕府の連中は江戸の外れにある本所深川へ移転させて、お茶を濁《にご》したのだった。

そんな因縁のある神社だけあって、本所深川でも疎まれ荒れる一方だった。わずかに近所に住む信心深いうなぎや梅川《うめかわ》の母子がお参りをするだけで、日が落ちると銭のない破落戸《ごろつき》どもが酒を飲んで暴れるような場所に成り下がっていた。稲荷信仰は、主に江戸のものであって、どこぞの田舎から流れてきた破落戸どもには、関係のないものだった。

――ふん。罰当たりな連中だ。

おこんは吐き捨てるように言った。

酒を飲んで暴れる破落戸が祠《ほこら》を壊し、その数日後、破落戸の死体が神社の境内で見つかった。周吉とオサキは知らなかったが、ベニ様の祟りとして噂が広まりつつあるという。

――おっかないお狐だねえ。

オサキはそう言ってケケケと笑っているが、オサキ自身だって人くらい殺しかねない。人でないものに、人の理屈は当てはまらないことを周吉は知っていた。

――噂はそれだけではない。

おこんは続ける。カタチの整った眉《まゆ》を不快そうに吊《つ》り上げ、

——お主らが耳にした狐火騒動にしても、べニ様のしわざということになっておる。と、言った。

ようやく問題の狐火騒動の話になったようだった。火付け現場に出現している狐火はべニ様だと噂されている。べニ様のものらしき紅色の毛が落ちていることもあり、火付け騒動と無関係とは思えない。

考えてみれば、噂が広まるのも仕方のない話で、朱引き稲荷は家康由来の稲荷であるのに、疎まれ荒れ果てた挙げ句、破落戸に祠を壊されたのだ。祟り話としては条件が揃い過ぎている。噂好きの江戸の連中が放っておくわけはない。そんなことを、おこんは言った。

——へえ、悪いべニ様だねえ。

おこんは口の悪いオサキを、ぎろりと一睨《にら》みすると、独り言のように言った。

——本来ならば、このおこんがべニ様の処置をしなければならぬ。

お江戸の魔物、特に狐たちを統括するのは、おこんの役目であるという。江戸に火をつけていると言われている狐火を放っておけないのだろう。

「ちょいと待っておくれよ」

周吉が口を挟んだ。

——なんだ？

「べニ様が、どうして火付けをなさるんだい？」

いくら神様のたぐいに祟りがつきものとは言え、関係のない料理屋にまで火事の災いを与えるものなのだろうか。しかも、祟りにしては、すべてが小火で済んでいて、たいした火事になっていない。

「何だか、腑に落ちないんだよね……」

周吉が考え込んでいると、オサキが懐から飛び出した。

——面倒くさいねえ。もうべニ様が犯人でいいよ、おいら。

と、言いながら、猫のようにのびをした。おいら、関係ないよ。そんな顔をしている。

そんなオサキを叱るように、おこんは言った。

——家康公がお作りになった稲荷神社の狐が、火付けなどするわけがなかろう。

——さっさとべニ様を呼んで、火付けをやったのか聞いてみればいいと思うよ、おいら。

言われてみれば、その通りだった。その方が手っ取り早い。しかし、

——それはできぬ。

おこんの答えは、はっきりとしていた。

家康公のお狐さまである。いわば、将軍家直々の狐であるおこんであっても、軽々しく話しかけるわけにはいかないらしい。ましてや、

――家康公に「江戸を守れ」と命じられたベニ様に、「江戸の町に火付けをなさいましたかな」などと聞けるわけがなかろう。

証拠もないのに、家康公の狐を犯人扱いするわけにはいかぬらしい。

(それはそうかもしれないね)

しかし、これでは八方ふさがりだった。親分狐おこんであっても、ベニ様に事情を聞くことさえできないと言うのだ。これではどうしようもない。解決の糸口が見えず、

(どうしたものだろうね)

と、周吉が考え込んでいると、

――お主らに頼みがある。

おこんは言った。

――ベニ様を見つけて、火付け騒動がおさまるまで、朱引き稲荷から出歩きにならぬように申し上げてくれぬか。

――おいらが齧ってやろうか?

血の気の多いオサキは、とんでもないことを言っている。
そんなオサキに、おこんは厳しい口調で、
——謡ってはいかん。申し上げるだけでよい。
と、重ねて命じてきた。その言葉を聞いて、
——面倒くさいねえ。ケケケケケッ。
オサキは笑った。

三　うなぎや梅川

おこんと別れた後、歩いていると、

――面倒くさいねえ、ケケケケケッ。

懐でオサキが文句を言っている。

さっきから、ずっと、ぶつぶつ言っているところを見ると、おこんに命令されたのが、面白くないのだろう。しかし、

(わたしの懐に入っているだけじゃないか)

これくらいで面倒くさいのならば、鵙屋の仕事を終えてから、歩き回らなければならない周吉は大変なことになってしまう。

しかも、町内の見回りは、町人としての役目でもあった。おこんの件がなくとも、見回りをしなければならないのだから、やっていることは、さして変わらない。それにしても、

（犯人はベニ様じゃないのかねえ）

ただ、おこんが、あそこまで、はっきりと、「ベニ様が火付けなどするわけがない」と言っていたのも気になっていた。

――だったら、どうして、ベニ様は火付けの現場にいるのさ？

オサキにしては鋭いことを言う。王子稲荷で頭でも打ったのかもしれない。

そんなことを話したり、考えたりしながら、人通りの少ないあたりを歩いていると、かすかな悲鳴が聞こえて来た。

「また、破落戸が何かやっているのかねえ……」

と、周吉はため息をついた。

見回りは寂れたところを歩くものである。そんな場所は、たいてい日が落ちるころになると、破落戸どもがうろつく。

そのため、火付けを見つけることはなかったが、暴れている破落戸どもを何度か見かけていた。

――面倒くさいねえ。放っておいて鵙屋へ帰ろうよ、周吉。

と、オサキは言うが、見て見ぬふりをしていては見回りにはならない。ましてや、聞こえてきたのは、

「やめてくださいッ」

若い娘の声である。

その声にかぶせるようにオサキは、

――おいッ、周吉。

と、言った。

（どうかしたのかい？）

――ここは、朱引き稲荷だよ。

○

本所深川にある〝うなぎや梅川〟のお蝶《ちょう》は、毎日のように朱引き稲荷へ通っていた。そろそろ十八になるが、ものごころがつく前から、朱引き稲荷へ通い続けている。

江戸に軒を連ねている、たいていの食いもの屋には、敷地内に稲荷様がある。朝に晩に手を合わせ商売繁盛をお願いするためのものだった。

しかし、梅川には、小さな稲荷様を作る余裕もなかった。だから、そのかわりに、朱引き稲荷の掃除やお参りをしていた。

元々、〝うなぎや梅川〟は鰻《うなぎ》の辻《つじ》売りをしていた。鰻捕りから鰻を安く仕入れ、開くことなく、そのままぶつ切りにし、串《くし》に刺して焼き、味噌《みそ》を塗って安い値段で売っていた。

江戸では大川《おおかわ》の大鰻が大流行で、百姓や町人たちがこれを捕らえ、鰻屋に売って銭を稼ぐ。百姓や町人たちのような片手間ではなく、鰻捕りを専門にしている者もいた。川の底にいるところを、「鰻掻《か》き」と呼ばれる、長い柄の先に「て」の字の鉤《かぎ》をつけた道具で捕らえてしまう。

その鰻を安く仕入れ、コツコツと辻売りで銭を稼ぎ、ようやく店を持つことができたのは、ほんの五年くらい前のことに過ぎない。お蝶の父、そして母のお梅《うめ》が額に汗して働き、ようやく本所深川の外れに小さい鰻屋を持つことができた。店と言うのが、おかしいくらいの小さなもので、屋台に毛が生えたようにしか見えない。

それでも、お蝶たちは幸せであった。

そんなある日、働き過ぎが祟ったのか、お蝶の父が流行病にかかり、ころりと死んでしまった。一昨年のことである。

残された母とお蝶は、料理人を雇う余裕もなく、女二人の細腕だけで店を切り盛りしている。母が包丁を握り、お蝶が料理を運んでいた。

料理人は男と相場が決まっている。そんな中で女が包丁を握っているためか、客がさっぱり来ない日も多かった。それでも、母子二人で歯を食いしばって鰻を焼き続けたのだった。安く旨い鰻を客へ出すことだけを考えて、毎日を過ごしていた。

その甲斐《かい》あってか、食うに困らぬ程度の銭を稼げるようになりつつあった。

「食っていけるのも、ベニ様のおかげなんだから、粗末にしては罰が当たるよ」

と、母は言いながら、毎日欠かさずに、自分か、お蝶のどちらかが朱引き稲荷へお参りするようにしていた。

そんなふうであったから、火付け騒動が起こり、口さがない連中が、「ベニ様の祟りだ」と噂しても、梅川の母子二人は変わることなく朱引き稲荷へ通い続けていた。

しかし、いつの世にも、祟りと聞いて、それを恐れる者もあれば、愚《おろ》かにも、それに触れて挑発してみようとする者もある。どこぞの田舎から本所深川へ流れてきた破落戸どもは、後者であった。酒を飲んで、

「ヘッ、祟りが怖くて、稲荷寿司が食えるかッ」

などと言うと、ベニ様の祠を蹴倒してしまった。

家康公の時代に作られた古い祠だけあって、呆気ないくらい、簡単に祠は壊れてし

まい、その破片が朱引き稲荷中に飛び散った。

その破片の一つを、お蝶は守り袋へ入れ持ち歩いていた。そのベニ様の破片に向かって、

「ベニ様、梅川のことをお守りくださいませ」

と、朝に夕に手を合わせている。そうしなければいられないくらいに、うなぎや梅川に困ったことが起きていたのだった。

このところ、毎晩のように、

「客が来ないねえ……」

と、母が嘆く。閑古鳥が鳴きっぱなしであった。

今月になってから、梅川の暖簾《のれん》をくぐる客の数が、ぐんと減ってしまったのだ。その理由は分かりきっていた。

「松鰻《まつうなぎ》は安いし綺麗《きれい》だからねえ……」

ちょいと前のこと、梅川からそれほど離れていない大通りに新しい鰻屋ができたのだった。それが、京に本店を持つ〝松鰻〟であった。何でも本店の次男坊を旦那に据《す》え、鰻が大流行の深川へ、小振りだが銭のかかった店を出したのであった。いきなり大きな店を出すのではなく、小規模で始めるあたりも手堅い。

その松鰻の若旦那が、半八《はんはち》という二十歳そこそこの、いかにも育ちのよい若い男であった。梅川にも奉公人と一緒に挨拶へやって来ていた。

「まだ、お江戸の味に馴染んでおりません。そちら様の味を勉強させてください」

と、ぺこりと頭を下げた。

料理人というよりは、愛想のいい小間物屋の若旦那のような話し方であった。綺麗な手をしていて、包丁修業をしているようには見えなかった。それでも、

「勉強だなんて、とんでもございません」

母はにこやかに応対していた。これが閑古鳥の始まりだとは、母もお蝶も気づかなかった。

松鰻の半八の言葉に嘘はなかった。料理人とともに何度も食べに来て、客へ出している料理を真似された。

梅川では、仕事帰りの職人目当てに、酒の肴《さかな》になる鰻を出していたのであった。例えば、胡瓜《きゅうり》と鰻を三杯酢で和えた〝うざく〟や、鰻を卵焼きでくるんで焼いた〝う巻き〟などを出していた。

鰻の蒲《かば》焼きしか出さない店も多い中で、梅川の工夫は目立ち客を集めていた。中でも、う巻きは、酒を飲まない女子供にも評判がよかった。

それをそのまま、松鰻は真似たのだ。

どんなに工夫して料理してあると言っても、二年前まで板場に立っていたのは父である。母は、それまで客相手の料理をしたことがなかった。しかも、辻売りから店を出して日が浅く、タレや焼き方の工夫と言っても、たかが知れている。梅川の料理など、修業を積んだ松鰻の料理人にしてみれば、簡単に真似ることができるものだったのだろう。

ましてや、松鰻は江戸に店が定着するまで、損を承知の安い値段で料理を出しているという。これでは最初から勝負にもならない。

本所深川は、決して裕福な土地ではない。その日暮らしの貧乏人が多く住んでいる。似たような料理で、値段が安い店が近くにあれば客は流れてしまう。梅川に閑古鳥が鳴いたのも当然だった。

それから数ヵ月後、ほとんどの客を松鰻に奪われ、誰も梅川の暖簾をくぐらない日も珍しくなかった。そろそろ店を畳んで、どこかの茶屋で女中の口を見つけようか。そんなことを話す毎日だった。

小娘に過ぎないお蝶にできることは、文字通り神頼みくらいであった。だから、手を合わせるのだった。

「べニ様、梅川のことをお守りくださいませ」と……。

○

（もっと早く来ればよかった）

と、朱引き稲荷の境内に一歩入ったところで、お蝶は後悔していた。

いつもは夕暮れ前に、お参りへやって来るのであったが、この日にかぎって、おしゃべりな神田の叔母がひょいと顔を出し、遅くなってしまった。

すでに破落戸どもの姿が、ちらほらと見える。

お参りをせずに帰ろうと踵《きびす》を返しかけたとき、破落戸どもが、にやにや笑いを浮かべながら近寄ってきた。見つかってしまったらしい。

「こいつは、粋なお嬢ちゃんがやって来たものだ。こっちへ来《き》ねえ」

口々にお蝶をからかい始めた。逃げる間もなく、お蝶は五人の破落戸浪人どもに囲まれてしまった。

「勘弁してください、やめてください」

お蝶は必死に抵抗した。

だが、それがいけなかったのかもしれない。

連中にしてみれば、余興のようなもの。にたにたと好色そうな薄笑いを浮かべながら、口々にからかうのだった。

破落戸どもは、お蝶を取り囲み、けたたましく笑っている。その笑い声を煽《あお》るように、太った破落戸が、にやけた口調で、境内の片隅に敷かれている筵《むしろ》を指さすと、こう言った。

「さて、お嬢ちゃん、そろそろ、あっちへ行こうか。たんと、かわいがってやるからよ」

どっと笑い声があふれた。

連中はお蝶のことを慰むつもりらしい。破落戸どもの嫌らしく卑猥《ひわい》な顔が、お蝶を取り囲んでいた。

「ほら、来な」

と、太った破落戸が、お蝶を突き飛ばした。

目の前に薄汚れた筵がある。

必死に抵抗しようと身を捩《よじ》ったとき、突然、お蝶の目に、鈍《にび》色の眼が映った。

(え……)

すうと身体中の力が抜ける。

気を失っている場合ではないのに、ふと気が遠くなった。

「てめえ、何を見てやがるッ。あっちへ行きな」

破落戸どもが怒鳴り声を上げている。お蝶のすぐ近くに、破落戸ではない誰かの気配があった。

（まさか、お狐様？）

そんなはずはないのに、なぜか、お蝶の脳裏に朱引き稲荷のべニ様の姿が思い浮かんだ。べニ様が助けに来たくれたと思ったのだった。

もちろんべニ様ではない。

「娘さんを離してやってくれませんかい？」

やって来たのは、若い男だった。

見おぼえがあった。

（鴫屋の手代さん？）

本所深川でも評判の美形だった。役者裸足の顔立ちで、こんなときなのに、思わず見惚《みと》れてしまいそうな顔をしている。

お蝶が知っているだけでも、この男に付け文をした娘はかなりいた。すれ違うたびに、鵙屋の手代――周吉は、お蝶にも丁寧な挨拶をしてくれる。腰の低い男であった。

そんな周吉に、

「嫌だね。まだ用が済んでねえ。もうちっと待ってな」

と、破落戸どもは卑猥な笑みを浮かべている。さらに、

「おめえが、いきなり来るもんだから、お嬢ちゃんがびっくりしちまったじゃねえかッ」

撫《な》で肩の商人《あきんど》にしか見えぬ周吉を嬲《なぶ》り始めた。

周吉が無言で肩を竦《すく》めている。細い身体つきで、世間を知らぬような顔をしている周吉だけあって、今にも、逃げてしまいそうに見える。ただの商人が破落戸相手に敵《かな》うわけがない。それなのに、破落戸相手に、

「その娘さんは、知り合いなんです。連れて帰らせてください」

と、落ち着いた声で言っている。おっとりしているように見えて、意外と肝が据わっている。

「連れて帰りたければ、力尽くでやってみなよ」

破落戸どもは言う。どうしても、お蝶を弄《もてあそ》ぶつもりでいるらしい。周吉なんぞ眼中にないようだ。

そのとき、不思議なことが起こった。

不意に、周吉の姿が消えた。さっきまで目の前にいたはずなのに、煙のように消えてしまった。

驚いたのは破落戸どもだった。

「若僧、どこへ行きやがったッ」

大声を出しては周囲を見回している。落ち着きなく歩き回っている者もあったが、周吉を見つけることはできないらしい。

「逃げられちまったんじゃねえか」

「それにしたって、おめえ――」

と、破落戸の一人が何やら言いかけたが、それ以上は言葉にならなかった。音もなく、その場に崩れ落ちてしまった。

（何が起こったんだろう？）

お蝶にも分からない。他の破落戸連中も、

「いってえ、何事だッ」

そう言うだけで精いっぱいであった。

次々と、破落戸どもがその場に崩れ落ちる。

さっきまで、破落戸どもの騒ぎ声でうるさかった朱引き稲荷が、いつの間にか静かになっていた。

地べたには気を失った破落戸どもが転がっている。

夜の闇の迫った稲荷神社に立っているのは、お蝶だけだった。と、

「――お蝶さんでしたよね」

いきなり背後から声が聞こえた。

肝を潰し、ひいと息を飲みかけたが、見れば、さっきまで姿を消していたはずの周吉の顔があった。

「これは、いったい……？」

声が咽喉《のど》にひっついて上手く出て来ない。

「さあ」

周吉は、地べたに転がっている破落戸どもに目もくれず、のんびりとした顔をしている。奉公人のくせに品があり、どこかの若旦那のように見える。力仕事をしているような体つきにも見えない。

破落戸どもに、周吉が何かやったとしか思えなかったが、何をやったのかお蝶には分からなかった。

訳が分からず、きょとんとしているお蝶に周吉は、

「さあ、帰りましょう。危ないから梅川まで送っていきます」

と、言ってくれたのだった。


そろそろ暖簾を仕舞う時刻であるはずだが、お蝶の帰りを待っていたのだろう。まだ暖簾が、ふらふらと揺れている。

「う」の字を染め抜いた暖簾をくぐって店の中へ入って行くと、馴染みのある醤油《しょうゆ》の焦げたよい匂いが漂って来た。鰻の蒲焼きの匂いだ。お蝶を見て、

「ずいぶん遅かったのね」

と、母のお梅が心配そうな顔を見せた。

「うん……」

他に返事のしようがない。破落戸に襲われたとは言いにくい。ましてや、その後、破落戸どもが昏倒《こんとう》したと言っても信じてはくれまい。

お蝶は話を逸《そ》らすつもりで、珍しげに梅川の店内を見ている周吉を紹介した。破落戸のことを言わずに、遅くなってしまったので送ってもらったとだけ言った。母は周吉のことを知っていた。

「鴎屋の手代さんだね。わざわざ、済みません」

「へえ」

と、何か言いかけたが、言葉のかわりに、周吉の腹の虫が、ぐるると鳴いた。とたんに、周吉は真っ赤になってしまった。

「相済みません」

周吉の近くの床几《しょうぎ》には、鰻の蒲焼きと丼に山のように盛られた銀しゃりが置かれていた。

旨そうな匂いに、思わず腹の虫が鳴いたのだろう。お蝶の目から見ても、旨そうな鰻であった。

辻売り時代の、開かずぶつ切りにした鰻を串に刺し、焼いただけのものと違い、食いやすいように開いてあった。母らしい丁寧な仕事だ。まずいわけがない。

そんな旨そうな鰻に囲まれているというのに、お蝶の心は暗かった。

「おっかさん、今日も、こんなに売れ残ってしまったの？」

ずっと閑古鳥が鳴いていたようであった。

客が来なくとも仕入れをしなければならないのが、食いもの屋である。口の奢《おご》った江戸っ子相手の商売であるので、新鮮な鰻を出さなければならない。鰻の蒲焼きは注文が入ってから、生きている鰻を客に見せ、それをさばくのだ。まさか、売れ残った鰻を、翌日に出すわけにはいかない。床几の上の、山盛りの鰻は売れ残りであった。

お蝶の言葉に、暗い顔をのぞかせたお梅だったが、ぐるると腹の虫を鳴かせ続けている周吉にぺこりと頭を下げ、

「売れ残りで申し訳ございませんが、うちの鰻を、たんと召し上がってくださいな」

と、笑顔を見せたのだった。

鰻の蒲焼きをおかずに、銀しゃりを腹いっぱい食う。普通の奉公人には贅沢《ぜいたく》な話だった。鰻屋の蒲焼きは決して安いものではなく、滅多なことでは口にできない。辻売りの鰻がせいぜいだ。

最初は遠慮していたものの、お梅が重ねてすすめると、

「それでは」

と、周吉は丼飯をかき込み始めた。


その日の夜、お蝶の夢枕に、赤いお狐様が立った。朱引き稲荷の狐の像にそっくりだった。とすると、このお狐様が、朱引き稲荷のお狐様、つまりベニ様なのだろう。

ベニ様は、ときおり紅色の狐火へ姿をかえながら、お蝶に話しかける。梅川に客が

入らないことを知っているらしく、
――銭があれば、よいのでござるな?
――深川の立ち食い合戦に出場せよ、お蝶。
こんなことを言っている。
聞けば、ベニ様は、お蝶に取り憑き、大食い合戦で優勝できるようにしてくれると
いうのだった。
――まあ、一日くらいなら休んでもよかろう。お蝶には世話になっておるしな。
と、お狐様は呟いた。

四　お江戸の大食い自慢たち

冷たい風が肌を刺す、ある夕方のこと。

周吉がオサキを懐に本所深川を歩いていると、賑《にぎ》やかな人々の声や笑い声が聞こえてきた。

――何だか、うるさいねえ。

深川の屋台で小規模な大食い比べが行われているのだった。

間もなく行われる〝鰻の大食い合戦〟に出場する予定の連中が、腕試しと盛り上がっていた。

この鰻の大食い合戦は、ほんの五年前に、田舎大名の米自慢から始まった小さな大会であったが、今では江戸で一番の大食い合戦と言われている。屋台の多い本所深川にちなんで、大川の近くで立ち食いをする形式の大食い大会であった。

平賀《ひらが》源内《げんない》が「夏の土用の丑《うし》の日に、〝う〟のつく鰻を食うとよい」と鰻屋に宣伝させて以来、鰻と言えば、土用の丑の日が有名になってしまったけれど、本当に鰻が旨いのは冬眠にそなえて脂を蓄える寒い時期である。鰻好きに言わせると、この時期の深川の鰻は、「頰が落ちるほど旨い」らしい。

日本で一番旨いと評判の深川の鰻を食うことができ、しかも、優勝すれば百両の賞金をもらえる。つつましい庶民であれば、十年は暮らせる大金であった。

――百両もくれるなんて、お江戸の人たちは太っ腹だねえ。

富くじだって、百両をくれるのは、〝江戸の三富〟、すなわち、谷中《やなか》の感応《かんのう》寺、目黒《めぐろ》の瀧泉《りゆうせん》寺、そして湯島《ゆしま》天神の御免富《ごめんとみ》くらいしかない。いわんや、江戸の大食い合戦は数あれども、百両の大金をくれるものは他になかった。

しかも、手に入るのは百両だけではない。

この合戦で優勝すると、江戸界隈の瓦版《かわら》に載り一躍有名になれるのだった。優勝者だけではなく、勤めているお店の名までもが瓦版に書かれ、お店そのものの宣伝にもなるので、商人たちは血眼になっている。

「物見高いは江戸っ子の常」とは、よく言ったもので、読売り瓦版だけでなく、湯屋・髪結い床に銭を出して行きさえすれば、いくらでも町の噂話を知ることができた。

田舎者の周吉が驚いたのは、それだけではない。

江戸には、番付というものがあって、おかずから女房の品定めまで、ありとあらゆるものに序列をつけては、「大関だ、小結だ」と大騒ぎをするのが、江戸っ子の楽しみのようであった。

——お江戸は不思議なところだねえ。何が流行るか、分かったものじゃないよ。

かつて、瓦版などあるはずもない田舎の山村で暮らしていたオサキは言う。番付など、聞いたことさえなかった。

そして、その中でも、大流行だったのが、食いもの商売の番付であった。

「五歩に一楼、十歩に一閣。皆飲食の店ならざるはなし」

つまり、五歩進めば小さな店があり、十歩あるけば大きな店がある。そのくらい江戸には、食いもの屋が多かった。

——こんなにいっぱいあったら、どこもかしこも、潰れちまうだろうにねえ。ケケケッ。

魔物に心配されるほど、食いもの屋同士の競争は激しかった。

そんなふうであったから大食い合戦で優勝すれば、江戸っ子たちの話題を独占することができる。宣伝に血眼になっている食いもの屋にとっては、見逃すことのできない催しものだ。大食い自慢の奉公人たちを、大食い合戦へ送り込む料理屋も少なくなかった。

まずは、目の前の大食い比べである。物珍しいこともあって、周吉がキョロキョロとしていると、声をかけられた。

「これは手代さん」

見ると、恐ろしい顔があった。岩のような、獣のような、大男がこちらを見ている。講談で退治される鬼のような顔をしている。

――化け物だよ、周吉。化け物がお江戸に出たよ。

ケケケと笑いながらオサキが言う。オサキはこの男を見ると、すぐにからかう。この男のことを気に入っているらしい。

(化け物じゃなくて、左平次《さへいじ》さんだよ、オサキ)

周吉は真面目な顔でオサキに言い聞かせる。

佐平次という男は、この辺りの顔役でテキ屋の親分だった。後年、佐平次を手本にした芝居が江戸で流行ったというのだから、その人気たるや尋常ではない。鬼のように恐ろしい顔をしているくせに、手先が器用なのか飴《あめ》細工が得意で、祭りのたびに飴細工の屋台を出していた。〝飴細工の親分〟などとも呼ばれている。

〝鰻の大食い合戦〟を裏側から仕切っているのも、この左平次であった。祭騒ぎがあると、朝から晩まで駆けずり回っている。

——親分さんは働き者だねえ。伊達に、おっかない顔をしてないねえ。

と、相変わらず、オサキは一言多い。

「賑やかなんですねえ」

ずいぶんと人が集まっていた。江戸で一番の大食い合戦だけのことはある。

裏方の佐平次は、さらに盛り上げるつもりなのか、それとも、ただのお愛想なのか、

「手代さんも、大食い合戦に出てみてはどうですかい？」

と、周吉を誘った。が、

「やめておきます」

周吉は、やんわりと断った。

オサキモチが山村で疎まれている理由の一つに、大食いになってしまうことがあった。

これはオサキモチの力云々《うんぬん》というよりも、オサキが懐にいることと関係しているのかもしれない。食ったものが自分の身体を通り抜けて、オサキの胃袋へ落ちているような気がするのである。赤子を孕んだ母が、腹《はら》の子の分まで食うように、周吉もオサキの分まで食っているのかもしれぬ。実際、オサキが懐から離れると、どういうわ

けか食欲が人並みに落ちるのだった。どちらにせよ、

（オサキモチだとバレたら、大変なことになっちまう）

そんなことを思っては、

——肝っ玉の小さい若旦那だねえ。

と、オサキに小馬鹿にされる周吉であった。

ここは変人揃いの江戸の町。たかだか大食いごときで、オサキモチだと噂されるとは思えなかったが、そのことが原因で、父と母を殺された過去を持つ周吉としてはやはり怖い。そもそも百両の銭などもらっても、今の周吉には使い道がない。わざわざ大食い合戦へ出る理由がなかった。

（大食いなんぞ、見ているだけで十分だよ）

と、周吉はそう思っていた。

「今回の大食い合戦は、ちょいと見物《みもの》ですぜ」

大食い合戦といえば、巨漢の相撲《すもう》取りが幅を利かせるものと相場が決まっている。今回の合戦でも、元相撲取りの花車《はなぐるま》が優勝候補の筆頭であった。この花車は、松鰻の代表として大食い合戦に参加するという。

「あいつは、でけえからなあ」

佐平次が握り飯の屋台を見ながら言った。親分に誘われるように、周吉も視線を移してみると、山のような男が握り飯を口に放り込んでいた。

――お江戸の人は大きいねえ。

懐から、オサキがちょこんと顔をのぞかせていた。目を風車のように、ぐるぐると回している。

周吉もオサキも、大男を見るのは初めてではない。江戸は食いものが豊富にあるからなのか、相撲取りでなくとも、巨漢はいくらでもいた。

しかし、握り飯を口に放り込んでいる花車は、そんな相撲取りや巨漢連中よりも頭一つ、大きかった。花車の周囲からは、しきりに、

「よッ、〝力士食いの花車〟ッ、日本一ッ」

と、囃《はや》し立てる声が上がっている。

食いものを大きな口に放り込む豪快さから、花車の食い方には〝力士食い〟という二つ名がついていた。でかい図体をしているだけあって、口も大きく、いくらでも食いものが入って行く。見ているだけでも気が晴れる食いっぷり。野次馬たちが群がるのも、うなずける。

が、そんな花車を見ているうちに、疑問が思い浮かんだ。

「あの……、聞いてもいいですか?」

「どうかしやしたか、手代さん?」

「あの花車さんとやらは、まだお若いように見えますが、もう相撲取りじゃないんですか?」

周吉は佐平次に聞いた。

花車が、二十歳そこそこの、周吉と同い年くらいの若者であったため、「元相撲取り」というのが不思議だった。

「まあ……」

と、佐平次は言葉を濁す。はっきりしない親分も珍しい。

疑問はそれだけではなかった。

「松鰻っていうのは鰻屋ですよね? どうして、花車さんは、そこの代表になっているのですか?」

これについての左平次の答えは、はっきりしていた。江戸で一番の大食い合戦となったとはいえ、元々は本所深川に由来するもの。ましてや賞金百両と言えば、江戸中から胡散《うさん》臭い連中が殺到しかねない。

そこで、〝鰻の大食い合戦〟には、本所深川の住人か、ここに請け人のいる者しか参加できない決まりになっているという。

花車は上総《かずさ》の国の生まれで、本所深川には知り合いがいなかった。大食い合戦へ出たいのに出る資格がないと往生していたところ、請け人として松鰻の半八が手を挙げたのだ。松鰻は本所深川へ店を出したばかりで江戸に馴染みがなく、派手な宣伝をしたがっていた。

こうして、花車は松鰻の所属として、大食い合戦へ出場することになった。

「いくら大食い合戦へ出られても、百両が松鰻のものになっちまったら、意味がないと思いますが」

周吉が聞くと、百両全部を松鰻が持って行くわけではないらしい。噂によれば、半分は花車の懐へ入るという約定になっているようであった。

五十両だって大金だ。しかし、それを松鰻に召し上げられてまで、大食い合戦へ出たがる理由が分からなかった。

「そいつは――」

と、佐平次が言いかけたとき、オサキが花車の視線に気づいた。怖い顔で、周吉たちの方を睨みつけていた。

――お相撲さんが怒っているみたいだねえ。親分のことを睨んでいるよ。おっかないねえ。ケケケケケッ。

ごたごたのにおいを嗅《か》いだのか、血の気の多いオサキが笑っている。この魔物ときたら、面倒くさがり屋のくせに、もめ事が起こるとよろこぶのであった。性格が悪いにもほどがある。

佐平次は、一つため息をつくと花車の方へと歩いて行った。やはり何かの因縁があるようだ。

花車も目立つ男であったが、〝飴細工の佐平次〟ほどではない。

佐平次が歩いて行くと、どよめきが起こる。何も言わなくとも、人々は通り道をあけてくれる。期せずして、野次馬に囲まれていたはずの花車へ向かう一本の道ができあがった。

あと数歩のところまで花車に歩み寄ると、佐平次は、どことなく、ぎこちない口調で言った。

「おう、花車じゃねえか。相変わらず、よく食うな」

「うるせえ」

花車はぼそりと言った。地獄の底から聞こえてくるような低い声だった。その返答

に、一瞬、言葉に詰まった佐平次であったが、すぐに気を取り直し、

「連れねえな」

と、さらに花車の方へ足を進めようとしたが、

「こっちへ来るんじゃゃねえッ」

耳をつんざくような花車の怒声が響いた。

「何だと?」

さすがの佐平次も、むっとしている。

大の男、ましてや本所深川の大親分が、人混みのど真ん中で、若僧に怒鳴りつけられたとあっては、黙っているわけにはいかないのだろう。

――喧嘩《けんか》が始まるよ、周吉。

オサキが懐で騒いでいる。

火事と喧嘩は江戸の花。野次馬どもの間からもざわめきが上がる。方々で、身勝手な会話が飛び交っていた。

「飴細工の親分と相撲取りの喧嘩とは贅沢だね。こいつは見逃せねえや」

「おめえ、どっちが勝つと思う?」

「親分さんと言いてえが、相撲取り相手だからな。がたいが違い過ぎるだろ?」

「野暮なことを言う野郎だな。喧嘩ってのは、身体でするもんじゃねえよ。心意気よ、心意気」

「それなら、おめえが親分の代わりに喧嘩して来たらどうだ？」

「……いや、今日は腹の具合が悪いからやめておく」

しかし、どこにでも事情通はいるもので、野次馬の中にも、佐平次と花車の因縁を知っている者がいた。それは、鰻売りのじいさんだった。普段は、深川の富岡八幡宮《とみおかはちまんぐう》あたりに店を出していて、安く味のいい鰻を食わせると評判である。今日は屋台のおやじではなく、大食い比べ見物の野次馬として顔を見せていた。

そのじいさんが口を挟んだ。

「どっちが強えって、おめえら、何も知らねえんだな」

「本所深川へは、先月、来たばかりでさ。知らねえことの方が多いってもんだ。じいさんは何か知っているってのか？」

噂好きの江戸っ子らしく、野次馬たちが食いついてきた。周吉も近寄り、耳をそば立てた。

「知らねえとは、とんだ江戸っ子もあったもんだな。おめえらみてえなのを、もぐりって言うんだ」

無愛想な上に口の悪いじいさんであった。

「もぐりでも、焼き栗《ぐり》でもいいから、さっさと話してくんねえか。気を持たすもんじゃねえぜ、じいさん。頼むぜ」

――おいらも聞きたいねえ、ケケケケケッ。

噂好きの野次馬どもに囃し立てられ、鰻売りのじいさんは、花車が相撲取りを廃業した一件を話し始めたのであった。

〇

去年の暮れのことだった。

花車は神田《かんだ》の近くに屋敷を構える、さる大名に召し抱えられ、若手の人気相撲取りとして鳴らしていた。こんな大きな図体の男が自分の言うことを聞くのを見せびらかしたいばかりに、大枚を払って召し抱えるのだから、酔狂な話もあったものだ。

この大名、余興に花車に相撲を取らせようと考えたのであった。その酔狂な大名が目をつけたのが、本所深川の親分〝飴細工の佐平次〟であった。

「本所深川に、とんでもない男伊達がいる」

という下々の噂を耳にした大名が、お抱えの花車と佐平次を相撲で対決させようと、お膳立てしたのだった。

さらに、この大名ときたら、自分の屋敷に土俵らしきものを作り、しかも屋敷に出入りしている相撲好きの商人連中を観客よろしく並べ、相撲を取らせようと言い出したのだ。

佐平次の噂を耳にしたことのある花車であったが、実際に、どれくらいの腕っ節なのか見たことはなかった。佐平次を知る誰も彼もが、「俠客《きょうかく》だ、男伊達だ」と騒ぎ立てていることは知っていたが、

（素人じゃねえか。香具師《やし》の元締めごときに後れをとるわけはない）

と、甘く見ていた。そんなわけで、花車は素人相手の余興相撲をふたつ返事で引き受けたのだった。

一方の佐平次は渋っていたという。

「相撲取り相手に、余興で相撲ねえ」

考えてみれば、親分稼業の佐平次が渋るのも当然の話であった。いくら余興と言ってみたところで、負ければ地べたに転がる。男を売る稼業である佐平次にしてみれば、そんな姿を晒《さら》すわけにはいかない。一歩間違えれば、本所深川にいられなくなってし

まう。渋る佐平次に、

「ここで逃げたら、男が廃《すた》るってもんでしょ、親分」

と、子分たちは口々に言った。子分たちに「男が廃る」と言われてしまっては、逃げ場がない。渋々ながらも、

「仕方ねえな、ちょっくら、行ってくらあ」

浮かぬ足取りで出かけた。

そして、大名屋敷で相撲を取ったところ、佐平次が花車に勝ってしまったのであった。

○

「――油断してたんだろうな」

鰻売りのじいさんは言った。大名の屋敷へ出入りできる身なりにも見えなかったが、やけに詳しかった。

「いくら飴細工の親分だって、本職の相撲取りを相手に相撲を取って敵うわけがねえ」

——油断大敵だねえ。ケケケケッ。

油断だろうと何だろうと、相撲取りが相撲で素人に負けてしまっては話にならない。召し抱えている大名にしてみれば、顔にべったりと泥を塗られ、大恥をかかされたようなものだった。

「わざわざ、土俵まで作って、客を並べて、その挙げ句にお抱えの相撲取りが素人に投げられちまうんだから、ちょいと、いい様子《ざま》だったぜ」

「そいつは見たかったたな」

「相撲取り風情が、おれっちらの飴細工の親分に勝てるわけねえだろ」

——間抜けな話だねえ、ケケケケケッ。

この連中、地声が大きい。

花車は、ぎろりと野次馬どもを睨むと、話の大元のじいさんの方へ、のっしのっしと歩き出した。怒りのあまり青筋が立っている。明らかに、おしゃべりなじいさんにつかみかかるつもりであったらしい。

ぎょっとしたのは、じいさんであった。薄くなりかけた白髪頭に、見れば、腰も真っ直ぐではない。軽く叩《たた》かれただけで、倒れてしまうだろう。じいさんめがけて歩いて来る花車を見て、じいさんは真っ青に震え上がっている。叩かれる前に倒れてしまいそうだ。

だからと言って、逃げようにも、野次馬どもに囲まれていて、身動きが取れなくなっている。

「花車、よさねえかッ」

佐平次が怒鳴るが、かつて自分を負かした男に留められても火に油を注ぐだけ。花車は振り向きもせず、じいさんの方へと歩いて来る。それを見て、佐平次は、

「困った野郎だな」

と、駆け寄ろうとするが、あわてたのか躓《つまず》いたりしている。これでは間に合わない。

花車が、じいさんに殴りかかろうと手を振り上げたとき、

「やめるんだ、花車」

妙に疳《かん》高い若旦那風の男の声が聞こえた。

ぴたりと、花車の手が止まった。

その隙《すき》に、じいさんがほうほうの体で逃げて行く。

「ちょいと、ごめんなさいよ」

と、野次馬どもをかき分けながら、若旦那風の男が、つかつかと花車のそばまで歩いて来た。自分の倍も背丈のありそうな花車を見上げるようにして、落ち着いた口調

でこう言った。

「おまえは大食い合戦を潰すつもりかい？」

江戸松鰻の主人、半八であった。花車の請け人である。

「そんな、あっしは何も……」

花車が、無愛想な顔で言い訳をしている。

半八は周吉に目を移し、

「おや、これは鵙屋の手代さんじゃありませんか」

と、挨拶をした。どうやら、周吉のことを知っているようであった。しかし、周吉には見おぼえのない顔。それでも、

「お世話になっております」

と、商人の挨拶を返した。商人の物腰が板についてきている周吉だった。

それにしても、この半八、料理屋の主人であるのに、料理人に見えない。華奢な周吉よりも、さらに細身の撫で肩のうらなり顔。力仕事一つしたことのない大店の若旦那のように見える。

騒ぎを聞きつけて、やって来たのは半八だけではなかった。後ろから、

「花車よぉ、合戦前に喧嘩なんぞするもんじゃねえよ」

と、崩れた男の声が聞こえた。

見れば、四十そこそこの目に険のある男が立っていた。どことなく崩れた職人のような姿をしている。何がおかしいのか、口元が、にやにやと歪んでいる。

この堅気に見えない男は、松鰻の料理人、惣吉《そうきち》らしい。浅草でしがない料理人をやっていたところを、半八が拾い上げたという。

——次から次へと、何だか面倒くさいねえ。

オサキがそんなことを言い始めたが、筋金入りの野次馬である江戸っ子たちは、惣吉を見て、

「〝いかさま食いの惣吉〟だ」

と、ヒソヒソと囁《ささや》き合っていた。

耳を澄まして囁き声を聞いてみれば、この惣吉も大食い自慢であるらしい。花車が騒ぎを起こすまで、二八蕎麦《にはちそば》の店先で、盛大に蕎麦を食っていたという。屋台を見れば、惣吉が食ったらしい蕎麦の器が、いくつも重ねてあった。

「親分さん、うちの花車が失礼致しました。相済みません」

半八が、ぺこりと佐平次に頭を下げた。嫌味なくらい手慣れた物腰で挨拶をしている。

「気にすることはねえさ」

と、佐平次が答えていると、それを遮《さえぎ》るように、

「きゃあああ、天丸《てんまる》さまッ」

と、女たちの黄色い歓声が聞こえてきた。

何の騒ぎだ、と、場違いな娘たちの嬌声に、そちらを見てみると、広小路の真ん中あたりで、天へ向かって水が舞っていた。空から降ってくれば雨であるが、地上から空へ向かうと手妻となる。

むさ苦しい大食い自慢たちが並ぶ中で、黄色い声を集めていたのは、水芸師の天丸という紅顔の美少年だった。世事に疎い周吉でさえ知っている、江戸で指折りの水芸師である。

天丸は、十五歳になったばかりで、女のような白い肌の、ぞくりとするほどの美貌の持ち主だった。おかみさんから、嫁入り前の娘まで、天丸を贔屓にする女は数え切れないほどいるという。

特に、このところの天丸は、「狐火騒動の厄払いに水芸を見せます」と宣伝し、引っ張りだこの人気者となっていた。見かけだけではなく、頭も切れるらしい。

思わず、周吉は呟いた。

「へえ、天丸も大食い合戦に出るんですねえ」

「派手なもんでしょ?」

佐平次は、にんまりと笑ってみせた。

どうやら、大食い合戦を盛り上げるために、佐平次が天丸を本所深川に呼び寄せたということらしい。長年、祭りの仕切りをやっているだけあって、江戸っ子たちのよろこぶツボを押さえている。

確かに、野次馬どもは大よろこびだったが、惣吉は苦虫を噛みつぶしたような顔をして、ぶつぶつと言っている。

「あんな女みてえなやつが、大食いだって? 食えやしねえだろ?」

「まあ、そう言うなよ」

佐平次が言った。

「あれはあれで、悪くねえ食い方だぜ」

大食い合戦では、どうしても、急いで食いものをかき込むことになるわけだが、熱いものをかき込むのは難しい。天丸は、その熱い食いものに水をかけて食うというのだ。味はともかく、火傷《やけど》する心配はなくなる。

それを聞いて驚いたのは、周吉であった。

「水をかけて食うんですかい？　そいつは……」

――お江戸はすごいところだねえ。

すごいというよりも、日本中から、おかしな連中が集まって来ているようにしか見えなかった。

しかし、驚くのはまだ早かった。極めつけの変わり者が一人残っていた。

さっきから、佐平次が誰かを捜している。

「あれ？　そう言えば、あの人は、どこで食っているのかな？」

「あの人と言いますと？」

周吉が聞くと、佐平次が答える前に、目ざとくオサキが、その「あの人」とやらを見つけて騒ぎ出した。

――あそこに、お江戸の剣術使いがいるよ、周吉。

オサキが見つけたのは、柳生《やぎゅう》新陰流の達人、柳生蜘蛛ノ介《やぎゅうくものすけ》であった。〝柳生〟といえば将軍家剣術指南役の家柄、数え切れないほどいる剣術使いの中でも、一目も二目も置かれている。その〝柳生〟を名乗っているだけあって、蜘蛛ノ介の強さは老人とは思えぬくらい化け物じみていた。

周吉が「江戸一旨い」と評判の隠れ坂にある団子屋へお使いへ行ったときに蜘蛛ノ

介と知り合いとなり、いつの間にやら、すっかり親しくなったのだった。オサキも蜘蛛ノ介のことを気に入っている。

剣術も達人であったが、大食いの方も達人であった。

――お江戸の剣術使いが稲荷寿司を食べているよ。おいらも食べたいねえ。

稲荷寿司の屋台の前に人集《ひとだか》りができている。痩《や》せているが手足が長いので、遠くからでも顔が見える。蜘蛛ノ介の周りに集っている野次馬どもが、ときおり、息を呑むような奇妙な声を上げている。歓声ではなく、何かに驚いている声であった。いったい、何に驚いているのだろう？

「おう、あんなところにいたのか」

と、言いながら、佐平次が歩いて行く。

――おいらたちも行ってみようよ、周吉。

稲荷寿司目当ての魔物は言った。

オサキに油揚げ。あまり気の進まない周吉だったが、蜘蛛ノ介が何をやっているのか見てみたかった。

周吉はオサキを懐に佐平次の後を追って、野次馬どもの群れへ入って行った。蜘蛛ノ介の姿を見るや、周吉は目を丸くした。

「とんでもないねえ」

――お江戸の剣術使いは化け物だねえ。

オサキも目を丸くしている。

野次馬たちも大騒ぎをしている。蜘蛛ノ介を見ては、

「ちょいと食い過ぎじゃねえのか？」

「まったくだ。ありゃ、化け物だな」

「つるかめつるかめ」

拝み出す者まで出てくる始末。

蜘蛛ノ介は、両手に稲荷寿司を持って、それを口へ運んでは食っていた。休む間もなく稲荷寿司を口に放り込んでいる。しかも、

「柳生新陰流、千手観音食い」

しゃべる余裕まであるらしい。

常人離れしているにも、ほどがある。

「早飯早糞芸のうち」という言葉があるが、蜘蛛ノ介の食いっぷりはまさに、見ごたえのある芸と言える。芝居見物並みの木戸銭が取れる。

ひとしきり千手観音食いを見た後で、佐平次は蜘蛛ノ介に話しかけた。

「――先生、ここにいたんですかい？」

「親分、久しぶりさねえ」

蜘蛛ノ介は、のほほんとしている。

「久しぶりも何も、ここへお誘いしたのは、あっしでしょ？」

「そうだったかねえ」

相変わらず、いい加減な剣術使いである。佐平次に言わせると、そのいい加減さが大食い合戦で大切であるらしい。

あわてて食えば胃に負担がかかり、ゆっくり食えば、すぐに満腹になる。いい加減なくらいで、ちょうどいいというのが佐平次の考えであった。

――人を斬った後でも、平気な顔で団子を食うからねえ。ケケケケケッ。

そう言われてみれば、蜘蛛ノ介は大食いに向いているような気もしてくる。それにしても、

「親分さん、とんでもないお方を出場させるんですね」

いつの間にか、やって来た半八が青い顔をしている。初めて蜘蛛ノ介を見たらしい。

「まあな」

佐平次は鼻高々であった。

元相撲取りの花車に、水芸の天丸に、柳生新陰流の蜘蛛ノ介。これだけ役者が揃っていれば、大食い合戦は盛り上がること間違いない。中でも、蜘蛛ノ介はずば抜けていた。

大食い合戦の優勝が危ういと思ったのか、半八たちは、すっかり元気をなくし、すごすごと引き上げて行った。周吉の目には、花車の身体が一回り縮んで見えた。意外と意気地のない連中らしい。

それはそれとしても、さっきから、やけによい匂いが漂っている。その匂いに釣られたのか、周吉の腹が、ぐるるると鳴った。

「ずいぶん旨そうな稲荷寿司ですねえ」

「手代さんも分かりますかい？」

と、蜘蛛ノ介は言うと、一つ摘んで寄こした。

「食ってごらんなさい」

と、促されるままに、口へ放り込むと、油揚げの甘いような香ばしいような味が口の中へ広がった。これまで、こんなに旨い油揚げを食ったおぼえのなかった周吉は、目を丸くした。

――おいらにも、稲荷寿司をおくれよ。

（ちゃんと、もらってあげるから、ちょいと静かにしていておくれ）

——おいら、静かにしているよ。

それにしても、旨い稲荷寿司だ。後を引く味とはこのことなのかもしれない。

「ずいぶん旨いですね、こいつは」

思わず声が高くなった。すると、それまで黙って見ていた屋台のおやじが口を挟んだ。

「へえ、ちょいとがんばっておりやして、大食い合戦までの間の、末広がりの八のつく日だけ升屋さんの油揚げを使っておりやす」

「升屋の油揚げとは豪気だねえ。それじゃあ、儲《もう》からねえだろ？」

佐平次が感心している。

「ちょいとでも、大食い合戦を盛り上げることができれば、と思っております」

江戸で一番旨いと言われている、升屋の油揚げを使っているのだ。話題にならない方がどうかしている。

「それにしても、升屋さんの油揚げっていうのは旨いんですねえ」

いつも、オサキに食われてばかりで、まともに升屋の油揚げを食ったことのない周吉は感心している。屋台だけでなく、升屋の宣伝にもなっていた。

「そんなに気に入りなさいましたか？　だったら、もっと食いなせえ」

と、気前よく皿に並べてくれた。他の客を気にせずゆっくり食えるように、持って行けるようにして周吉に手渡してくれたのだった。

「へえ、それじゃあ、遠慮なく」

と、頭を下げると、盛大に稲荷寿司を並べた皿を持って、ひとけのない端へと寄った。

佐平次と蜘蛛ノ介は、屋台のそばで話し込んでいるし、野次馬どもも周吉の方を見ていない。

（薄暗いし、誰も見ていないよね。まあ、これなら平気だろう）

周吉は、物陰に隠れるようにしゃがみ込むと、周囲に気を配りつつ、地面にそっと稲荷寿司の並んだ皿を置き、

（さあ、オサキ、お食べ）

周吉は懐の魔物へ言った。すると、

――ケケケケケッ。

オサキが懐から飛び出した。

それから、升屋の稲荷寿司を食っては、ケケケと笑い声を上げるオサキであった。

そんな曲者《くせもの》や大男どもの中に、ひっそりと、うなぎや梅川のお蝶の姿があったことを、周吉もオサキも気づかなかった。

五　狐憑き

——人にも色々あるものでござるな。

お蝶の耳に、べニ様の声が聞こえた。しかし、紅色のお狐様がどこにいるのか分からない。

本当にべニ様は、わたしなんぞと一緒にいてくださっているのだろうか？　それとも、わたしの頭がどうかしちまっているのだろうか？……お蝶は、そんなことを考える。

——疑り深いおなごでござるな、お蝶は。

べニ様は苦笑していた。稲荷神社のお狐様だけあって、お蝶の考えていることが分かるらしい。

——そんな……、べニ様を疑うなんて、とんでもございません。

と、あわてて打ち消した。

べニ様の言葉を信じるのなら、大食い合戦まで、お蝶は〝狐憑き〟とやらになっているはずである。

不思議あやかしが大好きな江戸っ子の端くれだけあって、お蝶も狐憑きの噂は色々と聞いている。獣のように速く走ったり飛んだりすることができるようになったり、人間離れした大食いになったりするという。憑かれると、普通の人間ではいられなくなるという話である。

しかし、実際に憑かれてみると、たいしたことはなかった。足が速くなったり、大食いにもなっていない。ただ、べニ様の声が聞こえるようになっただけのこと。その声にしても、ずっと聞こえているわけではない。話しかけても返事が返ってこないこともあった。

本所深川の付け火騒動の話は、お蝶も知っていた。紅色の狐火が火をつけて回っているというのだ。どう考えても、べニ様のしわざとしか思えなかった。

もちろん、べニ様のことだから、何か理由があって、罰を下しているのだろう。お狐様のなさることに、お蝶などが口を出せるわけがない。火付けは恐ろしいが、死人にも出ていないし、ちょいと燃えるだけの小火で済んでいた。

お蝶にしてみれば、自分に関係のない狐火騒動よりも、目の前に迫った大食い合戦

の方が気になっていた。だから、

(でも、ベニ様……)

おずおずとお蝶は話しかけてみた。

お狐様に話しかけるなんぞ、畏《おそ》れ多いことなので、ついつい遠慮をしてしまう。しかし、ベニ様は、

——なんでござるかな?

と、気軽に返事をしてくれる。

お侍さんのような堅苦しい言葉遣いであったけれど、ベニ様の声は、決して冷たくはない。むしろ、いつだって、お蝶のことを励ますように温かかった。話しかけることができるのは、そのおかげであった。

(わたしが大食い合戦で優勝するなんて、無理だと思うのです)

お蝶は小娘に過ぎない。小柄で痩せている。食べることは嫌いではないけれど、お茶碗《ちゃわん》一膳でお腹がいっぱいになってしまう。女にしても小食、食は細い。あんな相撲取りや浪人相手に勝てるとは思えない。大食い合戦に参加するどころか、お蝶がこの連中に食われてしまいそうな気がする。

(出ても恥をかくだけです)

と、お蝶が言うのも無理のない話。

――それでは、やめておくか？

ベニ様にしては、珍しく意地の悪い声だった。弱腰になっているお蝶を叱っているのかもしれない。

（やめるわけにはいかないのです）

お蝶は下唇を噛んだ。

相変わらず、うなぎや梅川へは、ほとんど客がやって来ない。このごろでは、鰻を仕入れるための銭さえ事欠くようになりつつあった。今のままでは、店を開けることさえできなくなってしまう。ベニ様の言うように、大食い合戦で優勝できれば百両の大金が手に入る。そうすれば、梅川を潰さなくとも済むし、食っていくこともできる。

それにしても、

（松鰻さえなければ、こんな目にあわなかったのに――）

お蝶は一人言のように思う。

鰻好きの多い土地ではあったが、本所深川は金持ちの集まるところではない。一銭でも安い店があるのなら、そちらへ行ってしまう。これが他人の店に降りかかってきたことであったなら、お蝶だって、「商売だものね。仕方がないわ」で済ませていただろう。しかし、我が身に降りかかったこととなると、それでは済まない。

ときどき、松鰻の主人の半八と道で行き違うことがある。半八は、お蝶に気づかないのか、挨拶一つしない。高そうな縞《しま》の着物を着て、ふらふらとどこぞへ遊びに行っているようだ。そんな半八を見るたびに、

（ろくでもない男に決まっている）

と、お蝶は思う。

半八の手は真っ白で、包丁傷どころか染み一つない。料理人の手ではなかった。ただの遊び人の手にしか見えなかった。

食いもの屋には、色々な連中が出入りする。飯を食いながら噂話をすることも、楽しみの一つだった。客は減ってしまったが、それでも、他の商売人よりも、お蝶は町の噂話に詳しかった。

半八の噂は悪いものばかりだった。

どこぞのお店の一人娘を追いかけ回してみたり、色街《いろまち》に通ってみたり、金貸しの権左《ごんざ》の手下とつるんでみたりと、遊び回っている。博奕《ばくえき》にも手を出しているという噂も小耳に挟んだ。真っ当な料理人のやることではない。

梅川は、こんな男のために、潰れかけているのだ。そう思うと、松鰻に火をつけて、

半八もろとも、店を燃やしてやりたくなる。

火付けは重罪であり、そんなことをすれば火あぶりにされてしまうが、放火された松鰻だって、ただでは済むまい。

これまで火付けにあったお店を見ても、江戸にはいられなくなるのが常だった。火をつけられるほどの恨みを買っていると思われる。いつ、再び、火付けをされるか分かったものではないと疎まれる。誰だって、そんな料理屋を近所に置いておきたくはない。だから、お蝶は、

(大食い合戦に負けたら、火をつけてやろうか)

できるはずもないのに、そう思い詰めることもあった。火をつけるだけなら、お蝶のような小娘にもできる。

――これ、お蝶。そう思い詰めるではない。

穏やかなベニ様の声が飛んで来た。

(でも……)

――安心するがよい。

その声は、死んでしまったお蝶の父に、少しだけ似ていた。

――いくら大食い自慢でも、拙者が人間ごときに負けるはずがござらぬ。

化け物じみた大食い自慢たちも、べニ様には、ただの人に見えるらしい。

お蝶はべニ様の言葉に安心した。大食い合戦で優勝すれば、何もかもが上手くいく。

そう思えたのだった。

――ただ……。

不意に、べニ様の声が暗くなった。こんなお狐様の声を聞いたのは、初めてのことだった。

(どうかしたのですか?)

――一人だけ手強《てごわ》い者がござった。

それは、あの蜘蛛のような浪人のことだろうか。

――いや、あやつではない。やつは大食いどころか、食うことさえできぬ。

べニ様は、訳の分からぬことを呟いた。何を言っているのか分からないが、とにかく、蜘蛛のような浪人はべニ様の敵ではないらしい。

すると、〝手強い者〟というのは誰のことなのだろうか?

お蝶が首を傾《かし》げていると、

――一人、オサキモチが見物しておった。あやつが合戦へ出るとなると……。

と、言ったきり、べニ様は黙り込んでしまった。それ以上は、何を聞いても答えてくれなかった。

六　鵙屋の火事

——おいらも大食い合戦に出ようかねえ。御狐《おきつね》流オサキ食い。ケケケケケッ。

大食い比べで稲荷寿司を食ってから、すっかりその気になっているオサキだった。よほど稲荷寿司が旨かったのだろう。いつになく上機嫌で笑っている。そんなとき、鵙屋で、ついに狐火騒動が起きた。

間もなく店を閉めようかという夕暮れ時のこと、その事件は起こった。周吉は、もののけ部屋で売りものや預かりものの手入れをしていた。

今も、目の前で、からくり人形でもないのに、人形が勝手に歩き回っている。犬の絵が描かれている掛軸からは、べろんと舌が飛び出している。その他にも、付喪神や妖どもは、好き勝手なことをしていた。

こんなふうであったから、周吉の他は誰も、もののけ部屋へ近寄ろうとしなかった。そのおかげで、オサキも周吉の懐から出て、傍若無人に、

――ケケケケケッ。

と、大威張りで部屋の中を歩き回っている。人形とオサキが、ちょこまかと動くので、邪魔くさい。

この連中は、オサキを除いて、たいした悪事を働くわけではないが、それでも妖は妖。気を抜くと、何が起こるか分かったものではない。だから、他人が入って来ないように部屋を閉め切って、手入れをしていた。そんな中、急に、

――何だか、焦げ臭いねえ。

オサキが鼻をくんくんさせた。

周吉もオサキを真似て、鼻をくんくんさせてみたものの、何のにおいもしなかった。閉め切られた、もののけ部屋から外のにおいを嗅ぐことなど、オサキモチである周吉でも、できやしない。

オサキの顔を見ると、嘘をついているわけではなさそうであった。狐の魔物だけあって、オサキの嗅覚は鋭い。

（また、お嬢さんが料理なさっているのかね……）

しかし、今日の焦げ臭いにおいは別口らしい。

――お庭で、何かが燃えているみたいだねえ、ケケケケケッ。

周吉は、あわててオサキを懐へ放り込むと、庭へ向かって駆け出した。部屋の外へ出ると、周吉の鼻にも、においは届いた。確かに焦げ臭い。そのにおいは庭の倉から漂って来ているようであった。

着いてみれば、すでに火は消されていた。

そして、焦げてしまった掛軸が目の前に置かれていた。燃えたのは、これくらいであったらしい。

と、そのとき、周吉の目の端に紅色の狐火が、ちらりと見えた――ような気がした。

思わず、懐へ聞いてみた。

（オサキ、あそこにいたのが、ベニ様かな？）

――おいらには、何も見えなかったねえ。

狐火の見えた方へ行ってみたが、何もいなかった。

（これもベニ様のしわざなのかね？）

――そうかもしれないねえ。ケケケケケッ。

相変わらず、いい加減なオサキであった。

倉の前まで行ってみると、弥五郎が安左衛門相手に頭を下げている。しげ女の姿も見えた。

「相済みません。あっしの不注意です」

「不注意って、おまええねえ……」

安左衛門は、苦虫を噛みつぶしたような顔をしている。文句を言いたそうな安左衛門を、

「燃えちまったものは仕方ないよ、おまえさん。弥五郎だって、わざとやったわけじゃあるまいし」

と、しげ女が取りなしている。

しかし、周吉には、安左衛門の言いたいこともよく分かった。鵙屋は大店ではないが、それでも武家相手の商売。高価なものや家宝のような大事な品を預かることも珍しくはない。

付喪神のような怪しげな品は、周吉の、もののけ部屋へと集められるが、割れてしまうと困る壺《つぼ》のような扱いに注意が必要な品や、高価な家宝の類は、庭の倉へ置かれることになっていた。そのため、この倉にも頑丈な錠前がついている。どんなに忙しくとも、きちんと鍵を閉める決まりになっていた。だが、その一方で、頑丈な錠前の常として、開け閉めが面倒である。

万事にこまやかだった先代の番頭は、きちんと決まりを守っていたが、今の番頭は

大雑把な弥五郎。最初は、こまめに鍵を閉めていたようであったが、慣れるに従い適当になり、このごろでは、店を閉めるときにだけ鍵をかけているという。いい加減な話だった。

――仕方のない弥五郎さんだねえ。ケケケケケッ。

笑い事ではない。

何しろ、目の前で焦げてしまっている掛軸は、並の品ではない。周吉でさえも息を呑むほどの美しい掛軸であった。

（これは、五味渕《ごみぶち》様からお預かりした品だねえ……）

五味渕様というのは、田沼《たぬま》家の要人を勤めたことのあるご老人だった。今は本所深川で隠居なさっているが、鵙屋にとっては大切なお得意様である。

地位が高いというだけの話ではない。

田沼家の要人を勤めていただけあって、結構な品を鵙屋へ持ち込んでくれる。楽隠居をした今でも、付届けが多いらしく、ときおり目の玉が飛び出すような品を持ってくる。

運の悪いことに、焦がしてしまった掛軸も、目の玉の飛び出す品の一つであった。安左衛門でなくとも、青い顔になろうというものである。

「確か、この掛軸は……」

分かっているくせに、安左衛門は弥五郎に聞いている。できれば、間違いであって欲しい。そう思っているのだろう。

「へえ、五味渕様から、売れるなら百両で頼むと預かったお品でございます」

弥五郎の声は小さい。

「百両って、おまえねえ……」

目を回しそうな安左衛門であった。そんな大金などあろうはずがなかった。

このごろの鵙屋は、不運続きで、よくない事件に巻き込まれたりと、潰れてしまうのではないかと奉公人たちでさえ危ぶんでいた。一時は、困り果てて、本所深川でも評判の悪い権左という金貸しを頼ろうかと考えたくらいであったという。このところになって、ようやく事件も忘れられ、ほんの少し持ち直したものの、余計な銭などなかった。

安左衛門の言葉は苦渋に満ちていた。

「百両なんて、大金があるわけないだろ」

「では、五味渕様には、そのように申し上げますか？」

「そんなことをしたら、お店が潰れちまうよ」

安左衛門は泣きそうであった。

誰がどう考えたって、掛軸を焦がした挙げ句、銭も払えないなんて言いぐさが通るわけがない。

五味渕様一人で済む問題ではない。縁起を担ぐ武家たちに、火事を起こしたことなんぞ知られては閑古鳥が鳴いてしまう。

――百両を払うしかないだろうねえ。ケケケケケッ。

「鵙屋には百両なんて銭はないよ」

と、安左衛門は弱り切っている。

「百両ですかい？」

弥五郎が考え込んでいる。鵙屋が潰れるかどうかの瀬戸際ということもあって、眉間に深い皺《しわ》が見える。

しかし、この弥五郎の親は、神田の職人であり、家は正月に餅《もち》も買えないくらいの貧乏子だくさんであった。考え込んで、百両がどうにかなるとは思えなかった。それでも、溺《おぼ》れかけると藁《わら》にでも縋《すが》ってしまうもので、

「百両のあてがあるのかい？」

安左衛門が聞き返す。

「ないわけでもございやせんが……」

弥五郎は言い渋っている。

「こうなったら、どんな馬鹿なことでもいいから、言ってご覧なさい」

安左衛門は促した。すると、弥五郎は、

「大川で……」

（まさか——）

「大食い合戦があるんです、旦那さま。優勝すれば、百両もらえるんです」

弥五郎は言った。

ちょいと頭が痛くなってきたよ、と安左衛門が自分の部屋へ帰って行った。弥五郎も肩を落とすと、いつものように、

「周吉つぁん、後は任せたぜ」

と消えて行った。

後を任され、一人きりになった周吉は、小火のあった倉を見ておくことにした。

鵙屋には、狭いながらも庭があって、〝鵙屋の桜〟と呼ばれる木と小さな倉が並んでいた。お琴が七輪を持ち出して、周吉のためにと、こんがりと焦げた秋刀魚を焼いたのも、このあたりであった。

この桜の木には、本所深川七不思議に並ぶ、八番目の不思議と言われるほど色々といわくがあって、物好きな連中が見物に来る。客寄せになればよいと、桜の木を見たい連中には、好きに見せてやっている。人の出入りは多い。

敷地内に倉がありながら、頑丈な鍵がかけられ、先代の番頭が細か過ぎるくらいに気を使っていたのも、人の出入りを気にしてのことであった。

日暮れ時ということもあって倉の中は暗かったが、オサキモチである周吉は夜目が利き、それを苦にしない。

（これはひどいねえ）

倉の中の品は店へ移されていたが、他は小火があったときのままになっている。片づける余裕もなかったのだろう。床には燃えかけた紙をねじったものが捨てられていた。この紙に火をつけて、倉の中へ投げ込んだのだろう。

オサキが鋭い声で言う。

——あっちの床を見てみな。

言われるがままに、視線を下へ落とすと、そこには、紅色の獣の毛のようなものが落ちている。

——ベニ様が、ここにいたみたいだねえ。

紅色の獣など滅多にいるものではない。もはや、偶然たまたまで済まされる話ではなかった。明らかにベニ様は、この狐火騒動にかかわっている。

ベニ様が、どうして火付けをしたのか気になるし、下手人であれば捕まえる必要もあった。

しかし、今はそんなことを言っている場合ではなかった。ベニ様を捕まえてみたところで、百両の銭が手に入るわけでもないのだ。鴟屋を救うために、百両の銭を集める方が重要であった。

商人にとって、銭は刀であり鎧であった。銭がないなどと他人へ言えるわけがない。しかし、こっそりと借りることのできるような金額でもない。

身内を頼るにしても、安左衛門の両親は死んでいたし、付き合いのある兄弟姉妹もいない。しげ女に至っては、家を捨てた天涯孤独の身の上であった。身内同然の奉公人たちにしても、百両なんて大金のあてがあるはずもなかった。

――お屋敷にでも忍び込んで、銭をもらってこようよ、周吉。

オサキが真面目な顔で言った。この魔物ときたら、盗みに行こうと言っているのである。

ひどい話かもしれないが、周吉だって、正直なところ、その方法も考えないではなかった。闇に姿を溶かし、自由に歩き回れるオサキモチ。どこぞの金持ちの屋敷に忍び込むことなど、容易《たやす》いことであった。

しかし、すると、百両の銭の出所を言えなくなってしまう。着の身着のまま、身体一つで、オサキを懐に江戸へ流れてきた周吉が、そんな大金を都合できるとは安左衛門は思っていないだろう。そんな出所の言えぬ銭など受け取るわけはない。

それに、万一、盗んだことがバレたときには、周吉だけではなく、鵙屋の人々にも連座して罪が及ぶ。一歩間違えれば、安左衛門やしげ女、お琴までを罪人にしてしまいかねない。

だから、周吉はオサキを止めたのだ。

(そいつはまずいよ、オサキ)

——じゃあ、やっぱり、周吉が大食い合戦に出るしかないねえ。ケケケケケッ。


その夜、周吉は、もののけ部屋で寝ていて気配を感じた。

(部屋の前に誰かいる)

付け火騒動のこともあって、全身を緊張させた周吉であったが、

——お琴だよ。こんな夜中に面倒くさいねえ。夜は寝るものだよ。

と、懐からオサキが言った。わざとらしく欠伸までしている。オサキにとっては、お琴ごときは、面倒な小娘でしかない。しかし、周吉はあわてた。

（え？　何だって？）

と、布団を蹴散らすように、立ち上がる。

——そんなにあわてなくても平気なのに、やかましい周吉だねえ。ケケケケケッ。

懐でオサキが文句を言っている。

そんな魔物を無視して、周吉はもののけ部屋の戸を引いて開けた。

オサキの言うことに間違いはなく、そこには寝間着姿のお琴が立っていた。それを見て、周吉は、

「お嬢さん、こんな夜更けにどうしたんですか？」

と、ひそひそ声で聞いたが、

「…………」

お琴は返事をしない。

勝ち気で、ずけずけとものを言っては、周吉を振り回している娘と同じ人間だと思えなかった。ただでさえ小柄なお琴が、もっと小さく見えた。

こうなると、周吉は困ってしまう。

まさか、こんな夜中に自分の部屋へ入れるわけにもいかず、そうかと言って、このまま立たせておくのも憚《はばか》られる。

野暮の見本市のような周吉だけあって、どうすることもできずにいた。

役者裸足の二枚目のくせに、周吉は至ってだらしなくできている。夜中に、器量よしの年ごろの娘が部屋を訪ねてきたというのに、気の利いた文句の一つも言えやしないのだから、お話にならない。お琴と二人で、黙って立っているだけであった。

しばらくの後、結局、先に口を開いたのは、お琴であった。

「周吉さん……」

「へえ」

相変わらず周吉は垢《あか》抜けない。そんな周吉相手に、

「わたし、わたし――」

と、お琴は涙ぐみ始めた。

その涙を見て、いっそう、あたふたする周吉だった。

「泣かないでください、お嬢さん」

情けないと言えばそれまでだが、周吉にしてみれば、お琴は奉公先の大事な一人娘。こんな夜中に、部屋の前で泣かれていいわけがない。こんなところを他の奉公人にで

も見られたら、何を言われるか分かったものじゃない。

それでも、周吉は、おろおろとするだけであった。オサキがため息をついて、

――こういうときは、肩の一つも抱いてやるもんだよ、周吉。

（そんな……）

この野暮天に、そんな気の利いたことのできるわけがない。

しかし、目の前では、お琴がしゃくり上げ始めている。本格的に泣き出すのも時間の問題であった。放っておくわけにはいかない。

周吉はようやく決心した。

大川へ身投げでもしそうな顔をしながら、おずおずと、お琴の肩に手を置いた。

抱き寄せたわけでもないのに、お琴が周吉の身体に寄ってきた。まるで抱き合っているような恰好《かっこう》になってしまった。

ふわりと――。

お琴の甘い匂いがした。

「お嬢さん……」

と、言いかけた周吉をお琴が遮るように、

「お店が潰れたら、もう……、もう周吉さんに、ご飯を作ってあげられなくなっちゃ

うわ。――ごめんなさい」

それだけ言うと、周吉から身体を離し、走り去るように行ってしまった。

(ご飯って、あの焦げた秋刀魚のことかね)

あんなものは食えたものじゃないよ。そう言おうと思ったのに、なぜか言葉が出て来なかった。それどころか、気がつくと、

「わたしが大食い合戦へ出るよ」

と、口走っていた。

そんな自分の言葉に驚いている周吉の懐で、オサキが欠伸混じりに、こんなことを言ったのだった。

――おいら、最初から、こうなると思っていたよ。

七　大食い合戦の始まり

「お江戸で一番の大食い合戦」と呼ばれている本所深川の大食い合戦が、一番最初に開催されたのは、ほんの五年ほど前のことであった。

この合戦は、地方の小さな藩の殿様の見栄から始まったものだった。本所深川に下屋敷があり、そこで暮らしていたのだが、見栄っぱりなのは武士のならい。浅草に下屋敷を置いている他の大名たちから、本所深川を田舎と馬鹿にされ、浅草の賑わいに負けじと始めたのが、鰻の大食い合戦であった。

この殿様、家来に命じ、大川の鰻を屋台の者にさばかせて町の者にふるまったりと酔狂であった。さらに江戸前の鰻が大流行しているのに目を付け、大食い自慢たちを集めて、祭り騒ぎの大食い比べを催してみたところ、

「江戸前の鰻を腹いっぱい食えるなんて、ちょいと粋《いき》だねえ」

と、鰻好きの間で話題になり、瓦版にまで載ったのであった。

そうすると、物見高い江戸っ子たちが、放っておいても集まり始める。深いことを考えずに、屋台を大川の河川敷に並べて行ったということも、

「気軽に見ることができるなんて、ちょいと粋だねえ」

と、ほめられるのだった。

さらに、一昨年から、〝飴細工の親分〟佐平次が仕切り出したことで、すっかり地元の祭りとして定着してしまった感もある。

佐平次の入れ知恵で、商魂たくましい商人たちは、大食い合戦に参加しない庶民たちに、祭りの屋台よろしく、江戸前の鰻を安い価格で売っていたというから、たいしたものである。そのおかげで、寄付も集まりやすくなったと佐平次は周吉に言っていた。

さて、肝心要《かんじんかなめ》の大食い合戦であったが、最初は参加者も少なく、一斉に食って、いちばん多く食った者の優勝というだけであった。それが一昨年あたりから、参加人数も増え、予選を始めるようになったのであった。

予選開始と同時に、鰻職人たちが鰻をさばき、淡々と焼き始めるのであった。

江戸の生活排水である米のとぎ水や野菜屑《くず》が流れ込んでいる大川の鰻は、肥えていて質もよかった。

その脂ののった鰻を開いて竹串をさし、白焼きにしてから蒸す。さらに、みりんと醤油のタレをつけて焼き上げるのが江戸風であった。脂ののった鰻を好むくせに、その脂をきれいに抜くように調理するのだから、江戸っ子は面倒くさくできている。

江戸っ子の好むような鰻の蒲焼きが焼き上がるまで、半刻から一刻ほどかかる。「鰻は煙で食わせる」と言われているように、鰻好きの連中にとっては、焼き上がってくるまでの匂いがご馳走《ちそう》であった。鰻の煙をかぎながら、漬物で一杯やり、ゆっくりと鰻の蒲焼きを待つのが粋とされていた。鰻好きの連中を見物客に集めておいて、煙を端折っては野暮というものであろう。

鰻が焼き上がるまでに、漬物をおかずに丼飯を何杯食えるかを競い、上位四人が決勝へと進む仕組みとなっていた。

そして、決勝の大一番では、勝ち抜いた四人の前に、焼きたての鰻の蒲焼きが並べられ、それをおかずに丼飯と鰻の大食いを競うのだった。不公平にならぬように、予選で食った丼の数もそこに加えられる。日没を知らせる暮れ六つの鐘が鳴るまでの半刻の間に、予選に加え、一番多く食った者の優勝となる。

○

大食い合戦には、大勢の見物人たちが集まり、鰻屋や寿司屋などの屋台も並んでいた。

本所深川はもとより、江戸中の物見高い連中が集まってきている。見たところ、商いを放り出して、顔を見せている者も、ひとりやふたりではなかった。それを見て、

――怠け者だねえ。ケケケケケッ。

と、オサキが笑っている。

他人の大食いを見るために、商売を休んで足を運ぶのだから、笑われても仕方がない。

鵙屋の人々の顔も見えた。

周吉が大食い合戦へ出ると言ったとき、周吉の細い身体を見て、安左衛門が心配そうに「無理じゃねえか」と言いかけたのを制して、

「周吉、悪いね。頼むよ」

と、しげ女が頭を下げたのだった。それから、しげ女は、ちらりと周吉の懐あたり

を見たように思えた。懐では、なぜか、

――仕方ないねえ。

と、オサキが返事をしていた。

大食い合戦開始まで、四半刻ほど間があった。

人混みに紛れると、相変わらず、江戸に馴染み切れていない周吉は落ち着かない。きょろきょろと周囲を見回していた。これでは、ただのお上りさんである。

――本当に恥ずかしい周吉だねえ。

オサキはそう言うが、周吉にしてみれば、百両がかかっている大勝負の前である。この合戦に負けてしまえば、鵙屋はお終いであった。周吉でなくとも、落ち着いていられるはずがない。

もう一人、落ち着かない者がいた。

「周吉つぁんも、出るんだってな」

番頭の弥五郎である。鉢巻きに、襷《たすき》をきりりと掛けているものの、一睡もしていないのか、目の下には隈《くま》ができている。

周吉は弥五郎に、こう聞いてみた。

「大食いに自信があるのですか？」

そんな話は聞いたことがなかったし、弥五郎が人並み以上に食っている姿も見たことがなかった。それでも、万一ということがある。すると、弥五郎から、

「おう、当たり前《めえ》よ。こちとら江戸っ子でえ」

と、自信たっぷりの返事が戻ってきた。

鉢巻きに襷といい、弥五郎は弥五郎なりに、預かりものの掛軸を燃やしてしまった責任を感じているのだろうけれど、これは気負いすぎである。

しかし、周吉には弥五郎の気持ちも分かった。

奉公人が楽しみにしているものに、藪《やぶ》入りというものがある。正月と盆だけ、親元へ帰ることができるのだった。

鴡屋でも、お静をはじめ奉公人たちは親元へと帰って行く。賑やかだったお店が閑散とするときであった。両親のいない周吉には帰る場所がない。藪入りであっても、鴡屋に置いてもらっていた。

そして、もう一人、藪入りになっても親元へ帰らない男がいた。弥五郎だ。

「みんな帰っちまうと、お店も静かなもんだな、周吉つぁん」

藪入りのたびに、弥五郎は同じことを言う。

周吉と違い、弥五郎の両親は健在だった。しかし、弥五郎を産んだ母は、産後の疲

れとやらをこじらせて死んでしまい、その後、弥五郎の父は後妻を迎えている。この義理の母と折り合いが悪いらしく、藪入りにも弥五郎は帰ろうとしなかった。

本来であれば、鴫屋一家の水入らずの時期であるにもかかわらず、安左衛門も、しげ女も、赤の他人の周吉と弥五郎がいるのに、嫌な顔ひとつしなかった。それどころか、遠慮して、奉公人の部屋に引きこもっていると、

「人が少ないと寂しくていけないね。二人とも、ちょいと話相手になっとくれよ」

主人夫婦の部屋に呼ばれて、飯をご馳走になったりするのだった。

世話になってばかりではいけないと思ったのか、弥五郎も、もらった給金で、菓子などを買って来ては、おずおずと、しげ女へ渡したりしていた。

しかし、鴫屋が潰れてしまえば、藪入りどころか、周吉も弥五郎も居場所を失ってしまう。弥五郎が入れ込むのも無理のない話であった。

周吉が、そんなことを思い出していると、今度は、逆に弥五郎が聞いてきた。

「そういう周吉つぁんは食えるのかい？　そんな細っこい身体でよ？」

鴫屋でもそれなりに力仕事をしているはずの周吉なのに、女のような華奢《きゃしゃ》な身体つきをしている。

弥五郎でなくとも、周吉が大食いとは思えないであろう。だから、

「まあ、それなりには……」

と、周吉は曖昧《あいまい》な返事をした。まさか、自分はオサキモチで、いくらでも食えますとは言えやしない。周吉本人にかぎれば、食欲が増進されるわけではない。食えば食えるというだけで、食わなくても平気であった。

生まれ故郷の三瀬《みせ》村を追い出され、山の中を流離《さすら》っていたときは、食えない日が続くことも珍しくなかった。

――ケケケケケッ。

と、今では呑気に笑っているオサキも、かつては食えない日を過ごしていた。オサキは食い意地が張っているが、別に食わなくとも死にはしない。

(不思議なものだねえ)

周吉は自分自身のことなのに、オサキモチというものがよく分かっていない。首を傾げている周吉の懐では、

――おいらも大食い合戦に出ようかねえ。

相変わらず、オサキは適当なことを言っている。

(やめとくれよ、オサキ)

オサキのことなので、懐から飛び出して、ふらふらと散歩がてらのつまみ食いを始

めかねない。

（ちゃんと懐にいておくれよ）

そんな不安顔の周吉を見て、弥五郎は、何か思い違いをしたらしく、

「あんまり無理をすんじゃねえぞ」

と、言ってくれた。悪い男ではない。

こうして弥五郎と話していると、本当に頼りになりそうな気になってくるから、おかしなものであった。こういうところがあるからこそ、曲がりなりにも番頭になれたのかもしれない。オサキでさえ、

――へえ。さすが番頭さんだねえ。頼りになるよ。ケケケケケッ。

と、言っている。

そんな話をしていると、間もなく合戦が始まるらしく、物々しい雰囲気が周囲に漂って来た。大川の河川敷に、床几が並べられ始めている。

「おっと、もうすぐ合戦が始まるみてえだな。そろそろ行くか。――じゃあな、周吉つぁん」

と、弥五郎は言い捨てると、背筋をしゃんと伸ばして歩いて行った。

後ろ姿は堂々として、周吉の知っている頼りない弥五郎とは別人であった。その姿

を見送りながら、

「人は見かけによらないね」

周吉は呟いたのだった。


大食い合戦に集まった連中を見渡すと、弥五郎の襷鉢巻き姿は、至って普通であった。むしろ、奉公人そのままの周吉の方が場違いであった。江戸で一番の大食い合戦だけあって、百両の大金目当てに派手な連中が揃っていた。身の置き場もない周吉に、

——周吉、あっちにお蝶がいるよ。

と、オサキが教えてくれた。

そこには、〝うなぎや梅川〟の娘のお蝶の姿があった。梅川に客が入らないのは、相変わらずのことらしいので、

(百両が欲しくて、大食い合戦へ参加したのかね)

と、周吉は思った。

周吉は、見知らぬ顔でもないから話しかけてみようかと思ったが、青い顔をしてうつむいていて、結局、お蝶に挨拶ひとつできぬまま、合戦の予選を迎えるのだった。

合戦そのものは、祭り慣れしている佐平次が仕切っているだけあって、万事にそつがない。江戸中から集まってきた見物客たちのことも、ちゃんと考えられていた。

立ち食い形式の大食い合戦で、見物客からも見えやすくし、参加者が大盛りの丼飯を平らげるごとに空になった丼が脇《わき》に積まれていく。その数を見れば、一目瞭然《りょうぜん》、誰が優勢なのか分かるようになっている。

やがて立会人の、

「始め」

という開始の合図と同時に、料理人たちが鰻をさばき始めた。大食い合戦の始まりであった。忙しそうに鰻をさばく料理人たちを尻目に、炊きたての飯を口に放り込んだ周吉であったが、

「旨いけど、ずいぶん熱いねえ」

と、ぬるめの茶で口を湿らせた。ゆっくりと食べてもいいのなら、炊きたての銀しゃりくらい贅沢な話はない。しかし、大食い早食いには、ちょいと厄介だった。口の中を火傷してしまう。それでも、必死に、一膳目を食い終わり、二膳目を必死にかっ込んでいると、

「もう食えねえ……」

と、聞きおぼえのある声が耳に届いた。

（まさか）

その、まさか、であった。

「降参だ。もう一口だって食えやしねえ」

真っ先に降参したのは、弥五郎だった。寝不足の上に、無理に飯をかっ込んだから

なのだろう。弥五郎は真っ青な顔をしていた。このまま食い続ければ、倒れてしまう

ように見えた。

弥五郎のそばには、丼が三つ積まれている。まだ二膳目の周吉よりは食っている。

それにしたって、丼飯三膳なんぞ、大食らいの子供だって平らげる。ましてや、弥五

郎は合戦姿を気取って、襷に鉢巻きをしめている。

見物客たちが、どよめいた。

大食い合戦へ、こんな姿で出て来て、あっさりと降参するなんて話は聞いたことも

ないのだろう。小娘のお蝶だって、まだ食っている。

「飯屋にでも来たつもりか」

「まったく、呑気な野郎だよ。もうちょいと我慢できねえのか」

「呆れたもんだねえ」

野次馬たちは騒ぎ立て、

——おいら、情けないよ。

と、オサキまで、ため息をついている。

弥五郎は、いたたまれなくなったのか、襷に鉢巻きを外すと、周吉の方に歩み寄り、

「周吉つぁん、後は頼んだぜ」

と、鉢巻きを渡すと、合戦の場から出て行ってしまった。

「弥五郎さん……」

それ以上、かける言葉もなかった。弥五郎から受け取った鉢巻きは、ずしりと重かった。

——また、頼まれちまったねえ。ケケケケケッ。

結局のところ、周吉が優勝するより他に、鵙屋を救う方法はなくなってしまったのであった。

その後も、次々と脱落者が出た。

三両の参加料を払えて本所深川に住んでいる者か、もしくは、本所深川の住人でなくとも身元を引き受けてくれる者がいれば、誰でも参加できる大食い合戦だけあって、

ちょいと大食いに自信のある者は参加している。話のタネに出てみた者も少なくなかった。

そんなわけで、丼飯五膳を過ぎたあたりで、がくんと人が減った。それまで人の数が多すぎて、周囲を見る余裕もなかったが、ようやく一息つくことができた。ほっと息を抜いた瞬間、

「きゃあああっ、天丸様」

と、黄色い歓声が沸き上がった。

人が減ったのを見計らって、〝水芸食い〟の天丸が、派手な手妻を披露したのだった。見物客たちの視線を一身に集めている。

どんな、からくりなのか分からないが、天丸の両手あたりから威勢よく水が湧き出ている。そして、その水は、傾き始めたお天道様の光を受けて、きらきらと耀《かがや》きながら天へと登って行った。

やがて、綺麗に半円を描いて、その水は丼飯へと降りかかる。

——へえ、たいしたもんだねえ。

天丸の水芸は、魔物さえ感心させるほどのものであった。容姿ばかりが取り沙汰されていたが、芸達者であるようだ。

しかも、熱く食いにくい炊きたての飯に水をかけて食う〝水芸食い〟は、それなりに理にかなっている。水をかければ、飯は冷めるし、さらさらと咽喉を通りやすい。

しかし、

――せっかくのご飯がもったいないよ。罰当たりだねえ。

天丸の容姿目当ての女どもは、きゃあきゃあと声援を送っているが、明日のおまんまさえ、おぼつかない男どもや長屋のおかみさん連中は苦虫を嚙みつぶしたような顔をしている。

周吉も気に入らなかったが、そんなことを考えている場合ではない。さっきから熱い飯に苦戦していた。それもそのはずで、奉公人である周吉は炊きたての飯に慣れていない。思ったよりも、熱く食いにくかった。

――そんなにゆっくり食っていたら、負けちまうよ。

オサキが焦れている。

食いにくそうにしているのは、周吉だけではなかった。周囲の大食い自慢の連中も、飯の熱さに苦戦しているらしく、さほど食は進んでいない。現時点では、天丸が一番食っているようであった。

と、そのとき――。

〝いかさま食い〟の惣吉が動いた。

これまで惣吉は、蜘蛛ノ介と天丸の間で、地味に丼飯を食っていた。小男で職人姿の惣吉は、至って目立たない存在であった。見物客たちも注目していない。

そんな惣吉の身体が、ふらりとよろけた。

よたよたと惣吉の身体が天丸の方へと傾いた。――普通の人の目には、そうとしか見えなかったであろう。しかし、

――今、何か入れたねえ。ケケケケケッ。

オサキと周吉の眼は、惣吉の怪しげな動きを捉えていた。立会人の目を盗み、天丸の湯飲みへ、何やら放り込んだのであった。大きなかたまりを放り込んだようであったが、料理人だけあって、惣吉の動きは滑らかであった。

(何を入れたんだろうね)

周吉が首をひねっていると、天丸が湯飲みに手を伸ばした。〝水芸食い〟だけあって、飯を咽喉に詰まらせることはなかったが、どうしても味が単調になるのか、さっきから頻繁に天丸は漬物と湯飲みに手を伸ばしている。

天丸は丼飯を置くと、漬物をぽりぽりと齧り、茶をすすった。次の瞬間、

「げふ、げふ――」

と、咳き込んだのだった。それを見て、惣吉は、

「おう、兄ちゃん、大丈夫かい？　あわてて飲むもんじゃねえぜ」

と、心配顔で歩み寄った。天丸を介抱するふりをしながら、再び、惣吉の手が素早く動いた。

——今度は、丼飯の中へ何か入れたねえ。ケケケケケッ。

オサキは笑うと、やにわに周吉の懐を抜け出した。そのとたん、周吉の胃の腑が、どすんと重くなった。オサキがいなければ、周吉は弥五郎ほども食えやしない。

（おい、オサキ）

あわてて呼び止める。

しかし、オサキは聞きやしない。

とことことと天丸の方へ歩いて行くと、ぴょんと飛び上がり、丼の前で立ち止まった。

それから、ぺろりとなめてみせたのだった。そして、

——うへぇ、こいつは塩辛いねえ。おいら、びっくりしたよ。

と、目を丸くしている。

惣吉が放り込んだのは、とびきり辛い塩のかたまりらしい。

天丸は水芸をやらせれば江戸で指折りであったし、錦絵に描かれるほどの美男子だ

った。しかし、それでも、ただの十五歳の少年に過ぎない。惣吉のことを疑いもしなかった。心配そうな顔を装っている惣吉に、

「かたじけのうございます」

と、丁寧に頭を下げると、気を取り直したように、置きっぱなしになっていた自分の丼飯を持ち上げた。にやりと唇だけで笑った惣吉に気づきもしない。

「ちょいと――」

と、周吉が止めようとしたが、間に合わなかった。

天丸は飯をかき込んだ。

――うへえ。

魔物でさえ目を丸くしたほどの塩辛い飯をかき込んではたまらない。飯を吐き出し、

「げほぉ、げほぉ――」

と、色男が台なしになるほど咳き込んだ。

さらに、苦し紛れに食いかけの丼をひっくり返してしまったのであった。大食い比べの最中に、食いものをぶちまけては話にならない。

案の定、大食い合戦の立会人は、それを見て、

「天丸どの、失格」

と、宣言をした。

〝水芸食い〟の天丸は、ここで消えたのであった。

娘たちのため息に見送られて、天丸が去ると、俄然、注目が、〝お江戸の剣術使い〟柳生蜘蛛ノ介に集まった。

天丸と惣吉がもめている間にも、蜘蛛ノ介は、ひたすら食い続けていた。この時点で、他の参加者たちを二膳三膳と引き離している。

しかも、恐ろしいことに、人の数が減るまで、加減して食っていたらしい。周囲をぐるりと見回して、

「柳生新陰流、千手観音食い」

と、呟くや、丼飯をかき込み始めた。蜘蛛ノ介は、熱い飯を少しずつ、ただし、素早く食っていた。

飯のおかずになっている漬物は、亀戸《かめいど》村の大根の浅漬けであった。両国《りょうごく》橋を渡り、南割下水を抜けた先に亀戸村はある。大根と言えば、練馬《ねりま》が有名であったが、本所深川では好んで亀戸村の大根を使っていた。

おかみさん連中の足のように太い練馬大根と違って、亀戸大根は、ひょろりと細い。

しかし、大名屋敷の肥《こえ》で作られた亀戸大根は、葉も大きく柔らかいので、浅漬けにぴったりだった。練馬大根と違って、葉ごと漬けられていた。細かく刻まれた大根の葉の浅漬けに、醬油をたらし、それをおかずに飯をかき込むのであった。

汗かき仕事を生業とする職人の多い本所深川の漬物だけあって、塩辛くできている。ほのかに甘い飯とよく合った。

あっと言う間に、空の丼が増えていく。

――お江戸の剣術使いは、すごいねえ。

(わたしは優勝できるのかね)

いささか不安になってきた周吉であった。

そんな蜘蛛ノ介の活躍を見て、〝いかさま食い〟の惣吉が唇を歪めた。

再び、惣吉はよろけたふりをして、蜘蛛ノ介の方へと近づいた。

天丸を潰したときと同じ手順で、惣吉は蜘蛛ノ介の湯飲みへ塩のかたまりを放り込んだかに見えたが、

「ぱしんッ」

と、小さな音が聞こえただけで、湯飲みの中には、波紋さえ立っていない。しかも、蜘蛛ノ介が茶をごくりと飲んでも、何も起こらなかった。

「ん？」

と、惣吉が怪訝な顔をしている。湯飲みに塩のかたまりが入らなかったことにさえ、気づいていないようであった。

だからと言って、ぐずぐずしていては予選が終わってしまう。料理人たちの方を見れば、そろそろ鰻のさばきが終わり、焼こうかというところであった。焼き上がるまで、それほど猶予はない。

再び、惣吉が動いた。

さらに蜘蛛ノ介へ近付いた。さっきは、首尾よく天丸を潰したとはいえ、惣吉はただの料理人に過ぎない。忍びでも剣術使いでもない。見る者が見れば、不審極まりない動きであった。

蜘蛛ノ介は素知らぬ顔で、丼飯をかき込み続けている。

その丼飯目がけて、惣吉の手が動きかけたとき、蜘蛛ノ介の動きが止まった――ように見えた。

「柳生新陰流、無音払い」

と、かすかに蜘蛛ノ介が呟いた。それから、かちり、と刀を鞘《さや》におさめたような音が耳に届いた。

いったい、何が起こっているのか周吉には分からなかった。が、

――ケケケケッ。

オサキは笑っている。

はて、と周吉が首を傾げたとたん、惣吉は、

「ううッ」

と、うめき声を残して、崩れ落ちたのであった。

見れば、惣吉は白目を剝《む》いている。ぴくりとも動かなかった。

あわてて駆け寄った立会人が起こそうとしても、目をさまさなかった。気を失っている惣吉へ向かって、

「食いものにいたずらすると、罰が当たるぜ」

と、蜘蛛ノ介は言ったのだった。

懐にオサキが戻ってくると、みるみるうちに胃が軽くなり、周吉は猛然と食い始めた。

優勝して百両を手に入れないと、身寄りのない周吉を置いてくれた鵙屋が潰れてしまう。他人の大食いを見て感心している場合ではない。

周吉は必死に丼飯をかき込んだ。瞬く間に空の丼が増えていった。ときどき、

「周吉さん、がんばって」

と、お琴の声が聞こえる。

――周吉さん、がんばって。ケケケケケッ。

オサキの声も聞こえる。

空の丼を重ねるごとに、見物客からの注目も周吉に集まり始めた。

「あの細い手代さん、ずいぶんと食うねえ」

「痩せの大食いってやつかね」

「あら、ちょいと、かわいらしい顔をしているじゃないの」

ちらほらと応援の声も聞こえて来た。

そんな周吉に、ぴたりとついて離れない者が一人いた。小柄で、しかも目立たぬ場所で食っていたためか、人数が減ったころになって、ようやく見物客たちの目に止まり始めたのであった。

「あの小娘、すげえッ」

「おいおい、相撲取りよりも食ってやがるぜ」

見物客たちが、どよめいている。

オサキもその娘に気づき、

——あれは梅川の娘だよ。お蝶だよ。

注目を集めていたのは、〝うなぎや梅川〟の一人娘のお蝶であった。周吉と同じくらいの丼が重ねられている。

しかも、周吉のことを、じっと見つめながら丼飯を食い続けていた。ときどき、ぶつぶつと何やら呟いていた。

ぞくりと背筋に氷の粒が落ちたような気がした。しかし、今は大食い比べの合戦中、鰻屋の娘に構っている暇はない。

周吉は、お蝶に背を向けると、目の前の丼飯に集中した。勝ち残るためには、一膳でも多く丼飯を食わなければならない。それにしても、

——ご飯が冷めちゃったねえ。

オサキが残念そうな声で言った。炊き上がってから、すでに半刻も経つのだから、それは仕方がない。

さっきまで飯の熱さに辟易していた周吉であったが、今度は冷めて固くなり始めた飯が咽喉を通りにくくなっていた。

他の大食い自慢たちは頻繁に茶を飲んでいる。そのために、腹がふくれて食えなく

なっている者も、見られた。飯と一緒に茶を飲むと、すぐに満腹になってしまう。だから、勝ち残る気のある者は茶を控えるのだった。

周吉もオサキモチでありながら、用心深く茶を控えていた。

しかし、ちらりと横を見れば、お蝶が、ぐいぐいと茶を飲みながら食っている。満腹になっている様子も見えない。普通の人間にできることではない。

（いったい、何者なんだ？）

と、訝しく思いながらも、周吉は丼飯を食い続けた。


「——そこまで」

立会人の声が響いた。

大食い合戦用の鰻の蒲焼きが焼き上がり、予選が終了したのであった。大食い自慢たちが、一斉に箸と丼を置き、その場にへたり込む。

「しばし、待たれよ」

何人かの立会人たちが、空の丼を見て回る。少しでも、丼に飯が残っていれば、失格という厳しい規則であった。

白髪の立会人がよく通る声で、上位四人の名を読み上げた。

「一番手、三十五膳。——柳生蜘蛛ノ介どの」

丼を数えるまでもない、圧倒的な強さであった。

しかも、蜘蛛ノ介ときたら、これだけ丼飯を食ったのに、懐から団子を取り出して食い始めた。とんでもない、じいさんもあったものだ。続いて、

「二番手、三十一膳。——鴟屋手代、周吉どの」

周吉の名が呼ばれた。二番手とはいうものの、蜘蛛ノ介とは、ずいぶんと差が開いている。

——お江戸の剣術使いに勝てるのかねえ。ケケケケケッ。

困ったことに、さっぱりと自信がなかった。呑気に団子を食っている蜘蛛ノ介を見て、ますます不安に駆られる周吉であった。

さらに、周吉を不安にさせる存在が、蜘蛛ノ介の他に、もう一人いた。

「三番手、三十膳。——うなぎや梅川娘、お蝶どの」

見物客の間から、今日一番のどよめきが湧き上がった。痩せた小娘が、巨漢の大食い自慢の男たちを抑えて、三番手につけたのだった。しかも、けろりとした顔をしていた。

とにかく、紅一点、お蝶が予選を通過したのであった。

決勝進出の椅子《いす》は、あと一つしか残っていなかったが、見物客たちは、すっかり興味を失っている。焼き上がった鰻の蒲焼きの匂いに誘われるように、三々五々、屋台の方へと歩いて行く。商売熱心な連中が、焼いた鰻から、生きている鰻まで、大川の鰻を売っていた。

すっかり閑散としてしまった中、立会人が最後の大食い自慢の名を呼んだ。

「四番手、二十六膳。——松鰻、花車どの」

誰一人として、元相撲取りに歓声を送る者はいなかった。派手な他の連中に隠れて、ちっとも目立たなかったのだから、それも仕方がない。

鰻の串焼きを手に戻ってきた見物客たちも、

「ああ、そんなヤツいたねえ」

「でかいだけで、小娘より食えんじゃ話にならねえな」

「相撲も取れねえ、大食いも、ぱっとしねえなんぞ、困った男だな」

——おいらも、がっかりだよ。

もはや優勝候補の影すらも残っていなかった。

花車も、自分が、他の連中よりも格下であることを自覚しているのか、うつむいたまま何も言わずに立っているだけであった。

八　幕間

　優勝者の決まる大食い比べが始まる前に、半刻ほど休みがあった。

　河川敷の端で、流れる川面を見ながら花車は、うつむいたままの恰好で、

「こんなはずじゃ、なかった……」

と、同じ言葉を繰り返していた。

　周囲を見回しても、花車の近くには誰もいなかった。誰も花車の言葉など聞いていない。

○

　花車は、上総の国の貧乏百姓のせがれだった。小さいときから、身体が大きく、力も強かった。祭りのときの村相撲では、花車に勝てる者は一人もいなかった。

身体が大きいだけあって、花車は他の誰よりも大食いだった。いくら食っても足りなかった。

背丈が伸びるにつれ、花車の大食いは手がつけられなくなった。貧乏百姓気質の染みついた父は、そんな花車のことを持て余し始めた。飯のたびに、

「こんなに食われては、家が潰れちまうだ」

と、言うようになった。

花車には一つ年下に、健吉《けんきち》という名の弟がいた。食うことしか取り柄のない花車と違って、健吉は出来がよかった。

いつのころからか、父は健吉に家を継がせると決めていたのだろう。花車が十六の歳の春に、

「おまえは、米屋へ丁稚《でっち》へ行くことになっただ。米屋なら、いっぺえ飯を食っても怒られねえだよ」

と、体よく家から追い出され、江戸へ出て来た。

当たり前の話であったが、米屋の米は売りもので、奉公人の食うものではない。飯は朝と晩の二回、それも、麦とひえばかりの黒ずんだ飯に、萎《しな》びた大根の沢庵《たくあん》が一切れつくだけだった。

花車は、ここでも空きっ腹を抱えていた。

少しでも多く飯を食おうものなら、出て行け、と言わんばかりの嫌がらせを受けたが、花車には行く場所などなかった。

ただ、出来のいい弟の健吉は、どこまでも出来がよかった。花車が家を追い出されるときも、

「困ったことがあったら、帰ってくるといいだ」

と、言いながら、こっそりと芋を渡してくれた。

米屋の主人から聞いたところでは、花車が丁稚奉公に出た二年後に健吉は嫁をもらい、すでに家を継いでいるという。

健吉のことだから、花車がでかい図体をぶら下げて、のこのこと帰って行っても、本当に面倒を見てくれるだろう。

だからこそ、花車は生まれ故郷へ帰ることができなかった。出来のいい弟に養われて、大飯を食らいながら暮らすことなどできるわけがない。

花車は、ときどき、弟のことを考えながら米屋の丁稚を続けていた。

そんな花車に一つの転機が訪れた。

両国の相撲取りの親方が、身体が大きく、力のある若者をさがしているというのだ。力士と言えば、与力や鳶《とび》の頭と並ぶ〝江戸の三男〟の一つ。「一年を二十日で暮らす、いい男」と言われるほどの人気稼業であった。花車は親方のもとへ走った。しがない米屋なんぞやめて、相撲取りになるつもりだった。

力士の稽古《けいこ》を始めた花車は水を得た魚であった。ここでは、飯を腹いっぱいになるまで食い、身体を大きくすることが一番の仕事であった。確かに稽古は厳しかったが、いくら花車が大飯を食っても、親方は褒めはしても咎《とが》めはしない。嫌味な主人や番頭たちに小突かれながら、腹を減らしたままで米俵を担いでいるよりも花車にあっていた。

一年が過ぎるころには、花車はすっかり人気者になっていた。若く強い花車は土俵で華があった。花車の噂を聞きつけた大名に召し抱えられ、一枚絵にまでなった。

――しかし、これが花車の絶頂期であった。

転落するのは、あっと言う間だった。

大名の目の前で、佐平次に放り投げられると、呆気なく追い出された。世話になった親方を頼ろうにも、素人に投げられた花車のことなんぞ歯牙《しが》にもかけてくれない。もう一度、名を売らない限り花車が表舞台に戻ることはできない。きっと、そういうことなのだろう。

食うに困った花車は着物も何も売り払い、着の身着のまま、江戸の町をふらふらと歩いていた。

江戸では、方々で大食い比べが行われている。

本所深川の〝鰻の大食い合戦〟のように賞金をくれるような大食い比べは、滅多になかったが、お代をまけてくれるくらいのものは、いくらでも転がっていた。花車は片っ端から江戸の飯を平らげた。まとまった銭が必要になれば、力と図体にものを言わせて日雇い仕事で小銭を稼いだ。

そんなふうに、大食い比べと日雇い仕事で餓《う》えをしのぎ、本所深川へ流れて来たところまではよかったものの、着いてみれば、ここは佐平次の地元であった。佐平次は、いつも、誰かに囲まれていた。道を歩くだけで、町人たちが佐平次に話しかける。

一人ぼっちの我が身と比べてしまい、気がつくと、花車は佐平次のことを恨むようになっていた。姿を見るたびに、

「畜生っ」

と、舌打ちが出てしまう。

逆恨みとは分かっていたが、花車にしてみれば、佐平次を恨みでもしなければ日雇

い仕事へ行く気力もなかった。

花車と佐平次の相撲勝負の一件を知っている者も珍しくない。ことあるごとに、

「素人に負けた相撲取りだろ」

と、後ろ指を指される。

大勢の見ている前で、佐平次を叩きのめさなければ気がおさまらなかった。

もう少しすると、本所深川で、大食い合戦があって、佐平次が仕切り役をするというのであった。本所深川中の連中が集まる合戦で、優勝して名を売って、佐平次を見返してやるつもりでいた。

しかし、本所深川の人間でもなければ、この町に知り合いさえいない花車は出場することができない。焦燥だけが募った。

そんなある日、花車が大食い比べで得た端金《はしたがね》で酒を飲んでいると、一人の商人風の男が声をかけてきた。

「間違っていたらごめんなさいな。もしかして、力士の花車関じゃございませんかい？」

これが、江戸松鰻の主人、半八との出会いであった。

半八は花車を贔屓にしていたと言い、酒を奢ってくれた。

それから、べらべらとお愛想を言ったかと思うと、花車が鰻の大食い合戦へ出たがっていることを知り、こんなことを切り出したのだった。

「あたしが花車関の請け人になりましょう。松鰻の主人が請け人なら文句はないでしょう。大威張りで合戦へ出られます。それまで、何でしたら、うちに来てください」

旨い話ばかりではなかった。

「もちろん、あたしも商人でございます。利のないことは致しません。請け人になる代わりと言っては何でございますが――」

半八は、賞金の半分の五十両を寄こせ、と言い出したのだった。京に本店があるほどの料理屋の主人にしては、せこい話であったが、この男のことだから、どこぞに借金でもあるのかもしれない。

花車が松鰻に寝泊まりしていたときも、半八は、こそこそと店を抜け出していた。商売を番頭に任せ、自分は娘の尻を追い回したり、権左という評判の悪い金貸しと付き合ってみたり、浴びるほど酒を飲んでみたりしている男――それが、花車の知っている、半八だ。

しかし、それは花車に関係のない話。

大食い合戦へ出ることができれば後はどうでもいい。合戦へ出ることさえできれば、

簡単に優勝できる。そう思っていた。百両を手に入れ、再び檜《ひのき》舞台に登るつもりでいた。それなのに、

「四番手、二十六膳。——松鰻、花車どの」

結果は散々だった。じじいや小娘にさえ負けた。

一番手のじじいとの差は大きく、どう考えても、優勝などできそうになかった。すっかり自信をなくし、うなだれる花車に、

「図体ばかりで役に立たない男だね」

と、半八は冷たい言葉を浴びせると、どこかへ行ってしまった。

やっぱり、花車は一人ぼっちだった。

○

〝うなぎや梅川〟のお蝶は、母お梅のところへと歩いて行った。あれだけ食べたというのに、お蝶の身体は、ふわふわと浮かびそうなくらいに軽かった。

そんなお蝶の顔を見るなり、お梅はこんなことを言うのだった。

「あんなに食べて、身体は何ともないのかい？」

百両よりも、お蝶の身体のことを聞く母であった。見れば、皺の多い顔に涙がにじんでいる。

「うん、平気」

母に気を使ったわけではない。実際に、いくら食べても苦しくならず、それどころか満腹にさえならない。

お狐様に憑かれると、大食いになるというのは本当のことらしい。

しかし、お梅は何も知らない。母親としては、年ごろの娘が丼飯をかっ込んでいる姿を見て、心配するのも当然のことだった。ましてや、お梅の知っているお蝶は大食いではない。

「無理しなくてもいいのよ。おっかさんには、銭《おあし》なんかよりも、あんたの身体の方が大事なんだからね」

大食い合戦などやめて、さっさと家へ帰ろうと言わんばかりのお梅であった。そんな母子を見て、

――よい母上でござるな。

ベニ様が口を挟んだ。――と、言っても、お梅にはベニ様の姿も見えなければ、声すら聞こえないはずであったが。

そんなお蝶とお梅の近くを、鵙屋の周吉が通り過ぎた。

さっきまで、奉公先の主人夫婦と娘に囲まれていたのだが、さすがに休みたくなったのかもしれない。どんなに親切であっても、しょせんは主人と奉公人。お蝶とお梅のような血のつながった親子とは違う。

周吉はこちらを見ていなかった。どこをどう見ても、ただの頼りない手代であったが、大食い合戦では、涼しい顔をして丼飯を食っていた。

周吉の歩く姿を見て、どうしたものかと考えていると、

――お蝶、母上のそばで休んでおれ。

と、ベニ様の声が聞こえた。

聞き返す暇もなかった。

次の瞬間、突然、お蝶の身体が重くなった。腹がふくれて、動くどころか、歩くことさえできないようになってしまった。

お梅のもとにへたり込むように崩れ落ちたお蝶に向かって、

――決勝が始まるまでには戻って参る。

と、言い残すと、ベニ様は、どこかへ行ってしまった。

○

大食い合戦予選を二番手で通過した周吉は、

「ちょいとばかり、身体を休めて参ります」

と、安左衛門たちに断ると、人目のない木陰へやって来た。身体を休めなければならないほど疲れていたわけではない。

オサキモチでありながらも、蜘蛛ノ介に勝つことができるか不安なのであった。しかも、お蝶の存在が、いっそう不安をかき立てた。

(あの娘は何者なんだろう?)

ただの鰻屋の小娘とは思えなかった。

――色んな人がいるねえ。

オサキの言うように、日本中の銭が集まる江戸の町には、各地の奇人変人たちも集まってくる。

そんな連中が群れをなす江戸だけあって、オサキモチである周吉よりも食える者がいても不思議ではない。現に、蜘蛛ノ介は平然と食っていた。

しかし、お蝶と大食いの組み合わせは、しっくりと来ない。

――おいらが翳ってきてやろうか、周吉。ケケケケケッ。

（おまえねえ）

と、言いかけたとき、突然、

――お蝶を翳ってはならぬ。

と、人でないものの声が聞こえた。声のした頭上あたりを見れば、紅色の狐火がふらふらと浮いていた。狐火は、やがて紅色の狐となった。

これが噂のベニ様らしい。

ベニ様は仔猫ほどの大きさであったが、一寸ほどもある紅蓮《ぐれん》の毛に被われていた。どこか寝ぼけているようなオサキと違って、真面目ぶった顔つきをしていた。釣り上がった細い目で、周吉とオサキのことを見ていた。

まさか、ベニ様が自分からやって来るとは、夢にも思っていなかった周吉は、狼狽《うろた》えている。

オサキは、周吉の懐から、ぴょんと地面に降りると、ベニ様のことをまじまじと見つめ、

――へえ、本当に赤い狐がいるんだねえ。おいら、初めて見るよ。

と、言ったのだった。

驚いたときのくせで、目玉を風車のようにぐるぐると回すオサキを見て、ベニ様が真顔のままで言う。

――その方が、オサキか？　おかしな顔でござるな。

ぐるぐる目玉を回す狐など見たことがなかったのだろう。

それにしても、目の前に、ちょこんと座っている紅色のベニ様は、家康公由来の稲荷神社のつかわしめということで、話し方こそ上からの武家口調であったが、それほど悪い妖には見えない。今だって、オサキのことが珍しいのか、興味深そうに見ている。

――オサキとやら、大食い合戦へ出るのをやめぬか？

――出るのは周吉で、おいらじゃないからねえ。

――そちがいなければ、オサキモチなど、ただの人に過ぎぬ。さほど食えぬでござろう。

いかに家康公由来のベニ様といえども、何の理由も言わず、「大食い合戦へ出るな」というのは、乱暴であった。普段のオサキであれば、文句を百も並べていたであろう。しかし、今日にかぎっては、

――そう言われても、おいら、困っちまうよ。ケケケ……。

べニ様に押されているオサキだった。周吉相手に強気なだけで、内弁慶なのかもしれない。

周吉が口を挟んだ。

(百両が必要なのです。だから、合戦へ出ないわけにはいかないのです)

——知っておる。五味渕どのの掛軸を焦がしたのでござったな。

知っているも何も、掛軸が燃えた現場には、べニ様の毛が落ちていたのだ。と、周吉が口を開こうとすると、

——だが、お蝶にも百両の金子《きんす》が必要でござる。

お蝶の大食いはべニ様に憑かれたからであったらしい。それにしても、

——お江戸のお狐は本当に意地悪だねえ。おいらのことはいじめるし、鵙屋に火はつけるし、困ったものだねえ。ケケケケケッ。

と言うオサキに、べニ様が何やら言いたそうな風情で、口を開きかけたとき、

「これより大食い合戦を開始する。参加者はこちらへ参れ」

と、朗々たる立会人の声が響いた。

間もなく、百両をかけた合戦が始まる——。

九　大食い合戦の決着

決勝に残った四人は見物客の注目を浴びながら、大川を背に一列に並んでいた。目の前には床几が置かれている。

これから、日没、つまり暮れ六つの鐘が鳴るまで、鰻の蒲焼きと丼飯の大食いを競うのであった。

「丼飯一膳につき、必ず鰻を一串食すること。各々、注意されよ」

立会人が決まり事を確認している。

本所深川の大食い合戦は、あくまでも鰻の大食いであって、丼飯ばかりをいくら食ったところで勝つことはできない決まりになっていた。

ちなみに、二番手の周吉は、一番手の蜘蛛ノ介と三番手のお蝶に挟まれていた。右側をちらりと見ると、蜘蛛ノ介は、

「鰻の蒲焼きとは、豪気なものだ」

と、気楽なことを言っている。

蜘蛛ノ介は、ちゃんとした料理屋の開いて食いやすくしてある鰻の蒲焼きなんぞ食ったことがないという。料理屋の鰻は、稼ぎのない浪人には、ちょいとばかり敷居が高い。本気で楽しみにしているようであった。

そして、左側を見れば、ベニ様に憑かれているお蝶がいた。大舞台に青い顔をしている。首にさげている守り袋から、かすかにベニ様の気配がしているように思えた。オサキと違って出しゃばりではないらしく、そこから出て来ない。

そのお蝶の隣で、花車がうつむいたまま立っていた。やけに暗い顔をしている。

やがて、丼飯が運ばれて来た。

目の前に置かれた飯は、炊き上がってから時が経っているということもあって、湯気一つ立っていない。すっかり冷めてしまっている。

（こいつは難儀だねえ）

周吉は、そっと顔を顰めた。冷めた飯は固まってしまい、咽喉を通りにくい。

「鰻を持って参れ」

立会人の声が響いた。

真打ち登場とばかりに、恭しく鰻の蒲焼きが運ばれて来た。湯気こそ立っていないものの、まだ十分に温かく、甘い醤油のにおいが漂って来た。あれだけ丼飯を食った後だというのに、オサキモチだからなのか、ひどく旨そうに見える。

もちろん、のんびり味わっている暇はない。

鰻は脂が多い。

ましてや、目の前に置かれたのは、大川で獲《と》れたばかりのとびきりの江戸鰻。焼きたてであれば、舌の上でとろけるほど脂がのっているはずであった。

しかし、しょせん脂は脂。霜月の寒空の下のことでひどく寒い。冷めれば固まってしまう。いくらとびきりの鰻であっても、冷めてしまえば、たいして旨いものではない。

――おいら、冷めても平気だよ。ケケケケケッ。

と、オサキは言っているが、食うのは周吉である。そもそも、

(おまえは、そんなに食えやしないじゃないか)

――そうかもしれないねえ。ケケケケケッ。

大食いになるのはオサキモチであって、オサキそのものは食い意地が張っているだけで大食いではない。いつだって、オサキは食いたいだけ食っては、

――おいら眠いや。

と、言って、周吉の懐にもぐり込んでは、勝手気ままに寝てしまう。人間のように、無理して大食いをするようなことをする性質《たち》ではない。

　とにかく、鰻の蒲焼きが冷めないうちに、一枚でも多く平らげなければならない。大食いよりも、早食いの意味合いが強いのかもしれない。

　それにしたって、蜘蛛ノ介はずば抜けていた。

〝柳生新陰流、千手観音食い〟

　この勢いで食われては、追いつくことなどできやしない。そうかと言って、千手観音食いを破る手立ても思いつかなかった。

　が、しかし——。

　まだ何も始まっていないのに、いきなり、大番狂わせが起こった。——運ばれて来たお膳を見て、蜘蛛ノ介の様子が一変した。

「こいつは……」

　しばしの絶句の後、

「申し訳ござらぬが、下げてもらえぬか」

　鰻の蒲焼きに箸をつけるどころか、目を逸らしてしまった。青ざめているようにも見える。これには周吉だけでなく、オサキも首を傾げている。

盛大に食っていた。「まんじゅうこわい」の落ち話じゃあるまいし、嫌いだの怖いだのと言いながら食うはずはない。

　この様子を見て、見物客たちが騒ぎ出す。

「あの浪人さん、どうかしたんですかねえ……」

「意味が分からねえや」

　──ケケ？

　山のようにいる町人たちも一人として、何が起こっているのか分からないらしい。

　立会人をちらりと見ると、蜘蛛ノ介は、

「降参する。この鰻の蒲焼きは食えぬ」

　と、言った。

「おお──ッ」

　本所深川が揺れるほどのどよめきが起こった。……まるで地響きのようであった。

　何しろ、立会人が、まだ「開始」とも言っていないのに、一番手の蜘蛛ノ介が降参

　──鰻が嫌いなのかねえ。

（そんなはずはないんだけどね）

　ちょいと前に見かけたときだって、蜘蛛ノ介は辻売りから鰻の串焼きを買って、

してしまったのだ。こんな話は聞いたことがない。

オサキでさえも狐につままれたような顔をしていた。そんな中、

「こいつは、しまった」

佐平次が呻《うめ》き声を上げた。

それから、大股歩きに、こちらへやって来た。

そして、蜘蛛ノ介の前までくると、佐平次は、

「すまねえ、先生」

と、言うなり、地べたに這《は》いつくばり、土下座をした。

これには、誰も彼もが度肝を抜かれた。

何が始まったのか分からない。〝飴細工の親分〟佐平次と言えば、それこそ江戸でも指折りの男伊達。その佐平次が、芝居でもあるまいし、衆目の前で地べたを舐めるようにして、土下座しているのである。理由もなく頭を下げる男ではない。訳が分かるはずはなかった。オサキも、土下座ではなく、うずくまっているように見えたのか、

――お腹でも痛いのかねえ。

そんなことを言っている。いい加減で適当なオサキであったが、魔物なりに心配しているのかもしれない。

周吉だって、蜘蛛ノ介が、どうして、いきなり降参したのかも分からなければ、佐平次が土下座した訳も分からなかった。

唐突に、べニ様が口を挟んだ。

——蜘蛛ノ介とやらが、あの鰻を食えぬのは当たり前のことでござる。

いつの間にか、お蝶の守り袋から出て来たらしく、周吉の足もとに、ちょこんと座っている。それを見て、

——周吉、まただよ。また、お江戸の意地悪なお狐が出たよ。

オサキが嫌な顔をする。

見物客たちには、べニ様の姿は見えないらしい。誰一人として、こちらを見ている者はいなかった。みんな佐平次と蜘蛛ノ介を見ている。そんな中で、べニ様が言葉を続けた。

——あの佐平次とやらが、頭を下げるのも、当然でござるな。

べニ様にしてみると、目の前で展開されている風景は、ごくごく当然のことであったらしい。

しかし、周吉とオサキには訳が分からなかった。べニ様の言葉を聞いても、さっぱりの二人だった。

——お主ら、本当に何も知らぬのだな。

ため息が足もとから聞こえてきた。ベニ様が呆れている。そして、

——蜘蛛ノ介とやらは、武士でござらぬか？

周吉もオサキも、よく知らないが、柳生を名乗っているのだから、武士の端くれなのだろう。腰に刀も差している。

——ならば、あのようにさばいた鰻など食うわけがない。

ベニ様は言い切った。

何でも、鰻のさばき方は地方によって違うという話であった。武家の多い江戸の町では背中から開き、江戸以外の町では、普通の魚と同じように腹から開く。

(どうして、お江戸だけ違うのですか？)

——鈍い男でござるな。

狐にまで呆れられている。

それでも、ベニ様は説明してくれた。

武士というのは縁起を担ぐものである。絵草紙の化け物に怯える子供のように、縁起の悪いものを恐れる。

武家社会で、縁起の悪いことの一つに、切腹というものがある。鰻を腹から開くの

は、この切腹を思い出させるという。そのため、武家相手の料理人たちは、わざわざ鰻を背中から開くのだった。

佐平次が手配したのは、本所深川の町場の料理人たちだった。そのため、いつもの通り、腹から開いてしまったのだ。大食い合戦に武士など滅多に出ないということもあり、佐平次も失念していたのだろう。

ベニ様の話を聞いて、周吉も驚いた。武士云々よりも、あの蜘蛛ノ介が、そんなものに縛られているとは思ってもみなかったのである。

ようやく佐平次が土下座している訳が分かった。自分で蜘蛛ノ介を引っぱり込んでおきながら、忙しさのあまり、鰻の腹開きのことを忘れていたのだろう。

しかし、蜘蛛ノ介にしてみれば、大勢の見ている前で降参するという恥をかいたことに違いはない。外聞を気にする武士にしてみれば、これほどの恥辱はない。

――気楽そうに見えると申しても、本当に気楽とはかぎらぬ。

ベニ様は言った。さらに、周吉とオサキを見ると、

――お主らも、大食い合戦などやめて帰らぬか？

と、言った。どうやら、このことを言いに来たらしい。

――おいらたち武士じゃないからねえ。

オサキがそう言うと、ベニ様は腹を立てたのか、憮然《ぶぜん》とした声で、

——斬られても文句は申せぬな。

ぼそりと呟いた。受けた恥辱は自らの手で濯《すす》ぐ。それが武士というものであるらしい。

（え？　まさか？）

周吉はあわてて、蜘蛛ノ介と佐平次を見た。気になるのか、オサキも懐から首だけ出して、そちらの方を見ていた。お蝶のもとへ帰ったのか、いつの間にか、ベニ様の姿は消えていた。

「…………」

「先生、すまねえ。この通りだ。勘弁してくれッ」

佐平次は額を地面に擦《こす》りつけている。それなのに、
と、蜘蛛ノ介は一言もしゃべらない。無言のまま立っている。

不穏な空気が漂っていた。

——おっかない顔の親分さん、斬られちまうのかねえ。ケケケケケッ。

オサキは笑っている。ベニ様よりも性格が悪くできている。

大食い合戦へ集まってきた見物客たちも、蜘蛛ノ介が二本差していることは知っている。浪人なんて、いつだって刀を抜く口実をさがしているようなものだ。破落戸浪人たちをよく知っている本所深川の連中は、そう思いながら、固唾を呑んでいた。そんな中、

「勘弁してほしいと申されるのか？」

と、蜘蛛ノ介が言った。周吉には、いつもの口調と、どこか違っているように聞こえた。

（蜘蛛ノ介さんは親分のことを断りはしない）

と、思っていた周吉の顔色が、とたんに青くなった。

ベニ様や見物客たちが、何だかんだと言ってみたところで、相手は顔見知り同士の佐平次と蜘蛛ノ介である。まさか、血を見るようなことには、なるまいと高を括《くく》っていたのである。しかし、いつもの蜘蛛ノ介と違って、不機嫌そうな顔をしている。

――お江戸の剣術使いは、おっかないねえ。

オサキが言っている。周吉にしても、こんな近寄りがたい雰囲気の蜘蛛ノ介を見た記憶はなかった。

それを見て、佐平次も覚悟を決めたのか、きりりと仁王立ちになると、

「分かりやした。オトシマエとやらをつけさせてもらいやす。先生の気の済むようにしてくだせえ」

と、言い切った。

これでは、斬ってくれと言っているようなものである。誰一人として口を利かぬ。水を打ったように静まり返った中、

「そうかい。気の済むようにしてもよいのだな」

蜘蛛ノ介は素っ気ない声で呟くと、自分の懐へ手を入れた。小刀でも呑んでいるのか。見物客たちが凍りついた。

が、出て来たのは小刀ではなかった。

団子である。

「へ？」

佐平次が気の抜けたような声を出した。蜘蛛ノ介が何を言っているのか分からぬようだ。間の抜けた顔をしてる佐平次に、蜘蛛ノ介は不機嫌な声で言った。

「これが最後の一つだ。いつの間にか団子がなくなってしまった」

自分で食ったに違いないくせに、「いつの間にか」もないものである。不機嫌であったのは、懐の団子が残り少なかったからだと言いたいらしい。

さらに、蜘蛛ノ介は、ぽかんとした顔の佐平次相手に続けた。

「親分さんのところの若い衆を走らせて、隠れ坂の団子を買ってきてくれぬか？」

「はい？」

「だから、これがオトシマエというやつだ。——いいから、さっさと団子を買ってきてくんな」

蜘蛛ノ介は不機嫌な声のまま、そう言ったのだった。

——お江戸のオトシマエは粋だねえ。

オサキが感心している。

蜘蛛ノ介の降参により、合戦は周吉、お蝶、花車の三つ巴《どもえ》となった。蜘蛛ノ介が退くと、ようやく、

「開始」

と、立会人の声が上がった。

三人は、待ってましたとばかりに、猛然と鰻の蒲焼きにかぶりつく。

（へえ、こいつは旨いねえ）

味わっている場合ではないのに、周吉の顔はほころんだ。醬油とみりんの甘辛い味

が鰻の脂を引き立てている。舌の上で、醤油と鰻の脂が、とろんと溶け合った。

鰻の味が残っているうちに、飯をかき込んだ。すっかり冷めてしまい、固くなり、咽喉に詰まる。周吉は、思わず茶に手を伸ばした。隣では、お蝶も茶をすすっている。細身の二人は、咽喉も細く、飯が詰まりやすいのかもしれない。

そんな憑きもの持ちの二人を尻目に、俄然、勢いを取り戻したのは花車だった。

予選では目立たなかった花車であったが、太い咽喉の持ち主だけあって、固まりかけた飯など問題にしていなかった。噛まずに飲み込む〝力士食い〟で、ぐいぐいと食い進んでいく。

最初に、一膳目の丼飯と鰻を平らげたのは、花車だった。

周吉とお蝶が、淡々と食っているだけということも手伝って、見物客たちは花車に注目し始めた。

「やっぱり花車はいいねえ。華があって粋だねえ」

「そりゃそうさ。何しろ、一枚絵にまでなった相撲取りだぜ。そこらへんの連中とは、役者が違うってもんだ」

「あの食いっぷりときたら、豪快だねえ。見ていて、胸がすくったらありゃしないよ」

と、野次馬どもは口々に言い、さらには魔物まで、

──見事な食いっぷりでござるな。

──お相撲さんは凄いねえ、ケケケケケッ。

大騒ぎであった。

しかし、力士だろうと、華があろうと、しょせん花車はただの人に過ぎない。他人よりも、ほんのちょいとばかり食えるだけの大男である。オサキモチや狐持ち相手の大食いは、どうしたって荷が重い。

当たり前の話だが、誰だって食えば満腹になり腹がふくれる。どんなに旨い料理であっても、飽きてしまうようにできている。どれだけ食っても、満腹になることのない憑きもの持ち相手に勝てるわけがなかった。

「おい、見ねえッ。花車が、手代さんと小娘に抜かれちまったぜ」

淡々と食い続ける周吉とお蝶に、花車は追い越されてしまい、時とともに、その差が広がっていく。

こうなってしまうと、誰の目にも、合戦の優勝が周吉とお蝶で争われるであろうことは明らかであった。

花車も、この二人に負けじと必死に丼飯をかき込んでいた。焦ったのか、飯を咽喉

に詰まらせ、むせ返っている。これでは追いつくわけがない。

差は縮まらず、それどころか、じりじりと離されていく。予選と同じように、食い終えて空になった丼は積まれていく。見ただけでも、周吉とお蝶相手に丼飯五杯は差がついていく。

見物客どころか花車自身も勝負を諦《あきら》めかけた、そのとき、お蝶が、

「えっ？」

と、小さく悲鳴を上げた。

何事かと見てみると、これまで淡々と食い続けていたお蝶の箸が、ぴたりと止まっている。真っ青な顔色になっていた。

突然のお蝶の異変に、

「いきなり、どうしちまったんだい？」

と、野次馬たちが騒ぎ出す。

――お腹でも痛いのかねえ。

オサキが首を傾げている。

そんな喧噪《けんそう》の中、お蝶は丼どころか箸さえも持っているのが辛そうな風情になり、とうとう放り出すように置いてしまった。

花車も、怪訝そうな顔で、箸を止めて、お蝶のことを見ていたが、逆転する好機と気づき、再び〝力士食い〟を炸裂させた。

と、そのとき、

——ベニ様が行っちまったよ。

オサキが気づいた。

あわててさがすと、沈みかけたお天道様へ向かう、一匹の紅色の狐が見えた。ベニ様はお蝶のもとを離れてしまったのだ。そのため、お蝶は、ただの小娘に戻り丼飯を持て余しているのだろう。

優勝の決まる大一番で、どこかへ行ってしまうなんぞ、よほどの事情があるとしか思えない。

そんなことを考えていると、

——うちの若旦那はお人好しだねえ。ケケケケケッ。

オサキに笑われた。

鵙屋の小火のとき、ベニ様の紅色の毛が残されていた。誰がどう見たって、ベニ様が無関係という理屈は通らない。

言ってみれば、ベニ様は鵙屋の敵《かたき》。それを見送っているのだから、お人好しと言われても仕方のない話である。

——ベニ様の飛んで行った方には、鴨屋があるだろ？

オサキの言葉に、周吉の顔色が変わった。

（まさか……）

鴨屋の連中は一人残らず、この合戦を見に来ている。お店はもぬけの殻で、誰もいない。しかも、本所深川中の人間が見物に出て来ている。鴨屋の近所の連中も出払っているはずだった。そんなところへ火をつけられては、たまったものではない。消す者がいないのだから、小火で済むわけがない。

オサキの言うように、ベニ様が鴨屋へ行ったのかどうかは分からない。それでも、一度、倉を燃やされ、そこにベニ様の毛が落ちていたのだから油断はできない。放っておくのは、あまりにも危険であった。が、

（ここから抜けるわけにはいかないよ、オサキ）

今は合戦の最中である。

抜け出してしまっては失格となり百両は手に入らない。すると、五味渕様の掛軸の銭を払えず、さらに、この一件が表沙汰となり鴨屋は潰れてしまう。

咄嗟《とっさ》に周吉は決心した。

（オサキ、一人でベニ様の後を追っておくれ）

と、言ったのだった。その言葉を聞いて、

――いいのかい？

オサキが目を丸くしている。ここでオサキが行ってしまえば、周吉は人並みにしか食えなくなってしまう。花車相手の大食い比べに勝てるはずがない。

しかし、他に方法がないのだから仕方がない。

周吉は、オサキ抜きで相撲取り相手に大食い比べをやろうと決心したのであった。

――面倒くさいことばっかりだねえ。ケケケケケッ。

と、文句を言いながらオサキが行ってしまうと、とたんに周吉の腹がふくれた。ひっきりなしに、げっぷが出て立っていることさえ辛くなった。お蝶が、ベニ様を失って、箸を持っていられなくなった心持ちが理解できた。

腹が減って食いものがないのも辛いが、満腹なのに無理に食うのも辛い。鰻も丼飯も見たくなかった。

今すぐにへたり込んでしまいたかった。これ以上、食えるはずがない。

しかし、困ったことに、「降参」という言葉を言うことができなかった。さっきか

ら、ずっと聞こえ続けている、

「周吉さん……」

　というお琴の言葉が、それを許してくれない。

（まったく、困ったものだね）

　そう思いながらも、周吉は丼を持つと少しずつ飯を口へ運んだ。冷めて固くなった飯はとてもじゃないけど飲み込めない。しかも、鰻の蒲焼きも冷めてしまい、鰻の脂が白く浮き出し始めていた。

（こいつは無理かね）

　一足早く、憑きものが落ちてしまったお蝶は、すでに箸を置いていた。もう一口も食えないのだろう。それが普通だ。丼飯を何十杯も食える者の方がおかしい。

　それでも、周吉は、必死に箸を動かし続けた。飯も鰻も固く、咀嚼《そしやく》するのも時間がかかった。日没の鐘の音が鳴るまで、あと少しだった。このまま逃げ切れれば百両が手に入る。これからも鴫屋の連中に囲まれて暮らすことができるのだ。それなのに、

「花車の野郎、すげえ食いっぷりだぜ」

　花車が追い上げてくる。

　ここへきて、花車が一身に注目を浴び始めていた。

「やっぱり、大食いは図体だねえ。身体のでかいやつには敵わねえようにできてるんだろうな」

「あの細っこい手代も頑張ったが、もういけねえな。抜かれちまうぜ、ありゃあ」

「よ、花車ッ。日本一」

やんややんやの大歓声であった。

決勝でも予選と同じように、空になった丼が足もとに積み上げられていた。見物客たちは、その丼の数を勘定しては盛り上がっていた。周吉の耳にも、

「花車、二十杯目だぜ」

「あと三杯も食えば、手代さんを追い抜くじゃねえか」

と、聞こえていた。

焦る周吉であったが、焦ったところで、もともと大食いではないのだから、どうしようもない。口に放り込むことはできても、冷めた飯と鰻を飲み込むことができなかった。

(オサキがいないと、何もできないのかね)

そんなことを考える周吉であった。

やけに懐がすかすかする。生意気なケケケという笑い声が聞こえないと調子が狂う。

それでも、無理に冷めた飯をかっ込んでいると、気が遠くなり始めた。周囲が見えなくなり、お琴の声さえも聞こえなくなりかけていたとき、

「もう無理です。食べられません」

消え入りそうな娘の声が聞こえた。

お蝶が降参したのだった。

〇

（べニ様に見捨てられた）

大食い合戦に、お蝶のことを引っぱり出したくせに、べニ様は、どこかへ消えてしまった。

べニ様がいなくなる寸前まで、お蝶は順調に食っていた。周吉は強敵であったが、蜘蛛ノ介というじいさんが降参し、花車は敵ではなかった。手を伸ばせば、百両が届きそうなところに、お蝶はいた。

（べニ様がわたしを守ってくれているんだ）

首から吊した守り袋に、ときおり手を添えながら、お蝶は必死に食べていた。お狐

様に守られているというのは、心地のよいものだった。それなのに、

――済まぬ、お蝶。行かなければならぬところができた。

と、言うや否や、返事をする暇もなく、べニ様は行ってしまった。その瞬間、お蝶はお狐様に見捨てられたと思ったのだった。

こうなってしまっては、お蝶はただの小娘に過ぎない。降参して、大食い合戦から退散する他はなかった。

降参を告げたとたん、母お梅の顔が思い浮かんだ。きっと百両をあてにしていただろう。百両がなければ梅川は潰れてしまう。

(もう梅川はお終いだ)

と、思いながら、お蝶はよろめく足取りで、見物席にいるはずの母のもとへと向かったのだった。

しかし、母はお蝶のことを責めなかった。

責めるどころか、お蝶の身体を気づかった後に、母はこう言った。

「今度は、大食いじゃなくて、お客さんが戻ってくるように鰻屋に精を出しましょう」

少し前まで、客が来ないと嘆いていた母とは別人のようだった。鰻の辻売りをして

いたときの母に戻っていた。

「娘が、これだけ頑張ったのに、おっかさんばかり嘆いていられないわ。死んじまった、おとっつぁんに怒られちまう」

「でも、おっかさん……」

百両は手に入らないのだ。いくら頑張ったところで、たかが知れている。しかし、母は、そんなお蝶の背中を、ぽんと叩くと、

「切り詰めれば、あと半月は持つわ。その間、いえ、たとえ梅川が潰れて、辻売りに戻っても、あたしは旨い鰻を出し続けるよ」

と、言ったのだった。

母の言っていることは真っ当だった。

べニ様の力に縋って、すっかり大食い合戦の百両をあてにしていたのは、母ではなく、お蝶の方だった。

お蝶も母も、べニ様に見守っていてもらえることを、心の支えに鰻屋をやっていたのだ。百両を拝んでいたわけではない。

お蝶は母へ話しかけた。

「おっかさん」

「何だい？　改まった顔をして」

「お稲荷様にお参りしてから帰ろうね」

そんなお蝶の言葉に、ちょっぴり怪訝な顔の母であったが、

「当たり前じゃないか。おかしな子だよ」

と、言った。

それから、お梅とお蝶の母子は、これ以上、大食い合戦を見ようともせず、〝うなぎや梅川〟へと帰って行ったのであった。

○

大食い合戦は、周吉と花車の一騎打ちとなった。

そろそろ、暮れ六つの鐘が聞こえてもおかしくない時刻である。

お天道様は大川へ浸かり始めた。

周囲が暗くなると、用意のいい佐平次は、かねてから準備してあったらしい篝火《かがりび》をたいた。

闇の中に、周吉と花車の姿が浮かび上がった。

がちゃり――。

花車が乱暴に丼を重ねた。また一杯、丼飯を平らげたのであった。見物客たちが騒ぎ立てる。

「あと一膳で、手代さんに追いつくぜッ」

「こいつは花車の優勝だな」

食が進まぬ周吉を尻目に、花車は〝力士食い〟で、嚙まずに飯を飲み込んでいる。でかい図体の持ち主だけあって、口も大きければ咽喉も太くできているらしく、茶を飲まずに食い続けている。……気がつけば、

「とうとう並んだぜ」

野次馬たちがどよめいていた。

花車に追いつかれてしまったのであった。周吉はあわてるが、固くなった飯は咽喉を通らず、脂の白くなった鰻にも往生していた。

しかし、ここで花車は余計なことをしてしまった。

周吉の様子を見て、にやりと笑うと茶へ手を伸ばしたのだった。これだけ鰻の蒲焼きを食っていれば咽喉も渇くのだろう。元相撲取りだけあって、茶の飲み方も豪快であった。立て続けに二杯も三杯も、ごくりごくりと飲んだ。

後に聞けば、大食い合戦の最中に、花車が何杯もの茶を飲んだのは喉が渇いたことだけが理由ではなかったという。貧しい百姓のせがれに生まれ、ケチな米屋の丁稚をやっていた花車は、米をなるべく食わずに満腹にするために、水を何杯も飲む癖があったらしい。その癖が、こんな大一番で出てしまったのだ。

腹の中で、これまで食った飯が茶を吸って膨れ上がった。ただでさえ丼飯でいっぱいになっている胃の中へ、大量の茶を入れたのだから膨れ上がるに決まっている。

「く……」

さすがの花車も苦しそうな顔になり、箸が止まってしまった。こうなってしまうと、箸は動かない。

「いったい、どうなっちまうんだ？」

日が暮れるというのに、見物客たちは誰一人として帰ろうとしなかった。固唾《かたず》を呑んで、動きの止まった周吉と花車を見守っていた。

「こいつは、先にあと一膳食った方が勝ちだな」

佐平次が、ぽつりと言った。

先に動いたのは花車であった。

丼を持ち上げると無理やりに食い始めた。すでに〝力士食い〟でも何でもなかった。口の中へ押し込んでいるようにしか見えない。しかも、

「花車の野郎、ずいぶん剣呑な目で食ってやがるな」

鬼のような形相であった。そして、その視線の先には佐平次がいた。花車は意地だけで食っていた。

周吉は、ぴくりとも動かない。箸と丼を持ってはいるものの、降参する前のお蝶のような雰囲気を漂わせていた。限界のようであった。周吉が降参の言葉を口に出しかけたとき、

「周吉さんッ」

お琴の声が、また聞こえた。しかし、今度ばかりは応援されても、どうしようもない。

（お嬢さん、済みません。……これ以上、食ったら死んじまう）

と、言葉に出さずに謝った周吉の脳裏に、お琴の手料理が思い浮かんだ。「死んじまう」という台詞《せりふ》から、お琴の真っ黒焦げの焼き魚のことを思い出したのだろう。

（こんなときに……）

周吉は苦笑する。

腹いっぱいで、食いもののことなど考えたくもないときに、よりによって、真っ黒焦げの秋刀魚を思い出してしまったのであった。お琴を泣かせまいと、苦労して食ったことを思い返していた。と、そのとき。

「その手があったか」

そう呟くと、何を考えたのか、周吉は、ぬるくなった茶を地面へぶちまけた。それを見て、見物客たちはもとより、花車までもが、ぎょっとした顔をした。

野次馬たちがざわめく。

「あの手代さん、どうしちまったんだ？」

「食い過ぎて、おかしくなったのかねえ」

「まさか……」

もちろん、おかしくなったわけではなかった。

落ち着いた口調で、周吉は立会人へ、

「とびきり熱いお茶をください」

と、言ったのだった。

これには誰もが肩すかしを食った。

「何でえ、熱い茶を飲みたかっただけかい」

「人騒がせだねえ」

「茶なんぞ飲んでいる場合じゃないだろうに」

「鵙屋の奉公人てのは、ちょいと変なのが多いねえ」

そんな野次など、周吉には馬の耳に念仏であった。冷めた丼飯の上に、これまた冷めてしまって白く脂の浮いた鰻の蒲焼きをのせた。

「いったい、何をやっていやがるんだ？」

やっぱり食い過ぎでおかしくなっちまったのか、と思われている周吉であった。

周吉は、立会人から煮え立つほど熱い茶を受け取ると、鰻をのせた丼飯の上に、一気に熱い茶をかけた。

「おいおい、今度は天丸の真似か？」

「鰻を茶浸しにして、どうするつもりだい」

「もったいないことをするねえ」

周吉へ野次を飛ばし始めた見物客たちへ、

「ちょいと待ちねえ」

と、じいさんが口を挟んだ。佐平次と花車の因縁を話してくれた鰻売りだ。

「待ても何も、おれらは何もしちゃいねえぜ」

「理屈をこねてねえで、手代さんの丼の中を見てみなよ」

「あん？　茶浸しの鰻なんぞ見たかねえな」

そんなことを口々に囀《さえず》りながらも、言われるがままに、周吉の丼を覗《のぞ》き込んだ。

すると、それまで野次を飛ばしていた連中の口が、ぴたりと止まった。

「こいつは……」

白く脂の浮いていた鰻が、熱々の茶をかけられたことによって、瑞々《みずみず》しい蒲焼きに戻っている。

驚くのは、それだけではない。

冷えて固まっていた飯までもが、茶をかけられたことによって、ほどよく、ばらけているのであった。

「旨そうじゃねえかよ」

江戸では飯を朝に一度だけ炊く。

夕暮れには、すでに冷や飯になっている。十一月の寒空の下、冷や飯ではたまったものではない。熱々の銀しゃり好きの江戸っ子たちは、冷や飯に、うんざりしていた。

そんな連中の前で、周吉は丼を持つと、さらさらと胃の腑へ流し込んでいる。さっきまでとは別人のようであった。

（やっぱり、これなら食える）

真っ黒焦げの秋刀魚でさえ飲み込むことのできた食い方である。ましてや、目の前にあるのは、大川の鰻。味だって悪くない。周吉は丼飯を食い続けた。

まさに、一気呵成《かせい》であった。

周吉は花車を抜き去ると、かたんッと丼を置いた。それと同時に、暮れ六つの鐘が鳴り響き、

「そこまで」

と、立会人が大食い合戦の終わりを告げた。

一瞬の沈黙の後、

「優勝、鵙屋手代周吉どのッ」

朗々たる立会人の声がこだました。

とうとう百両を手に入れたのであった。見物客たちの中から、鵙屋の主人、安左衛門が飛び出してきた。抱きつかんばかりに、

「周吉、おめえってやつは――」

安左衛門は泣かせ文句を言いかけたが、周吉はこれを途中で遮ると、至って素っ気ない口調で、

「相済みません。申し訳ございませんが、旦那さま、後は頼みます」

と、言うと、百両の受取を安左衛門に委ね、会場から姿を消してしまった。どこへ行ったのか、安左衛門には見当もつかない。

「……後は頼むって、弥五郎じゃあるめえし」

何がなんだか分からず、呆気にとられて、ぽかんとする安左衛門に、しげ女が真面目な顔で、

「おまいさん、たまには頼まれておやりよ」

と、言ったのだった。

かくして、大食い合戦の百両を受け取り、拍手喝采《かっさい》を浴びたのは鵙屋安左衛門であった……。

○

花車は大食い合戦で負けると、佐平次の姿をさがした。

懐へ手を入れると、もしものときのために忍ばせておいた匕首《ドス》を、しっかりと握り直した。負けてしまったからには、今度こそ行き場がない。もう表舞台へ返り咲くこ

ともできやしない。

せめて、憎っくき佐平次を刺し殺してやるつもりだった。下手人として仕置にあって、あの世とやらへ旅立つことになっても心残りはない。花車は、そう思っていたのだった。

合戦には負けたが、運は花車に味方していた。歩き回るまでもなく、佐平次がこっちへ歩いて来た。

外面のいい佐平次のことだから、衆目の前で、花車に慰めの言葉をかけるつもりなのだろう。負けた者の気持ちなど何も知らずに。

(馬鹿にしやがって)

懐で匕首を固く握りしめた。

佐平次に飛びかかろうとした、そのとき、思いがけない声が花車の耳に届いた。それは、

「兄ちゃん」

懐かしい弟の声であった。

佐平次の背中に隠れるようにして、すっかり大人になった弟——健吉が立っていた。ずっと大食い合戦を見ていたようだ。

「おめえ、どうして、こんなところに……」

「兄ちゃん、すげえな。あんなに食えるなんて。だけんども、あんな食い方をして、身体に悪くねえだか？」

健吉の言葉は温かかった。

弟は、昔と変わらない顔で花車に話しかけてくれる。

「兄ちゃん、おっかあが心配しているだ。一緒に田舎へ帰ってくんろ」

「健吉、おめえ……」

どう答えたらいいのか分からずに、黙り込んでしまった花車に、したり顔の佐平次が口を出した。

「何か言ってやらねえか。おめえのことを心配しているんだぜ」

ようやく、この茶番を仕組んだ犯人が分かった。佐平次が相撲取りでいられなくなった花車に同情し、上総の田舎から健吉を呼んで来たに違いない。佐平次のやりそうなことだ。

「余計なことばかりしやがって」

お節介な〝飴細工の親分〟に、花車は言ってやったのだった。

十　オサキとベニ様

オサキは近くにいた。

大食い合戦で優勝を決めると、重い腹を引きずるようにして、周吉はオサキを追いかけて、鵙屋への道を一直線に駆けたのだった。

いつもオサキに油揚げを食わせている、鵙屋からほど近い、稲荷神社の境内で二匹の妖狐が何やら話している。耳をすましてみると、

――本当に、意地悪なお狐だねえ。

オサキの声が聞こえて来た。

――オサキとやら、ベニの邪魔をするでない。

殺気立っている。ベニ様の苛立《いらだ》ちが伝わって来る。

ベニ様は、家康公由来の妖狐。今は十代将軍家治《いえはる》のご時世である。ざっと勘定しても、百五十年の歳月が流れている。そんな古狐相手に、ぶつかり合っては、オサキと

いえども無傷では済むまい。

迷っている暇《ただ》はなかった。

少々、手荒ではあったが、式王子《しきおうじ》を使う以外に方法がない。式王子というのは、いざなぎ流の太夫より授けられた紙人形で、これを使えば妖怪を退治することができる。

この紙人形を狐火騒動があってから、袂《たもと》に入れていた。

周吉は、袂に忍ばせておいた紙人形をベニ様へ目がけて投げつけた。そして、法文を唱え始める。

式王子　是日本・唐土・天竺　三ヶ朝　潮境に　雪津島・寺子島　みゆき弁才王とて　王こそひとり　育ち上がらせ給ふた　弁才王の妃……

紙人形は、〝憑きもの落としの式王子〟となり、どこからともなく抜いた、ぎらりぎらりと耀く刀を右手に、ベニ様へ襲いかかる。

百五十年の歳月を生き抜いたベニ様であったが、式王子の前では、風の前の塵《ちり》に同じ。蛇《へび》に睨まれた蛙《かえる》。ぴくりとも動けなくなっていた。

式王子の刀がベニ様を斬り裂く、その刹那《せつな》、突然、ぽとり――。

力を失い、式王子が落下した。見てみると、式王子はただの紙人形に戻り、地面へと落ちたのだった。周吉が、いくら法文を唱えても微動だにしない。それでも、法文を唱え続ける周吉に、

――今度は、お狐の親分が出たみたいだねえ。

オサキが、うんざりとした声で教えてくれた。

そんなオサキの声に応えるかのように、薄闇から銀色の大狐の姿が浮かび上がった。

それは、王子稲荷の親分狐おこんであった。

――ベニ様に何をするつもりだ。まったく乱暴なやつだ。

おこんは周吉を睨みつけると、ベニ様へ労《いたわ》るような視線を送った。それから、

――ここは任せてくだされ。

と、言ったのだった。それを聞くと、

――かたじけない。

ベニ様は、おこんに、ぺこりと頭を下げ、再び鵙屋の方向へと飛んで行った。それを見て、オサキは言う。

――周吉、お店が燃やされちまうよ。

言われなくとも分かっている。大食い合戦で優勝して百両を手に入れたものの、賄屋が燃えてしまっては意味がない。

親分狐相手だろうと手加減をしている場合ではない。

周吉はオサキの声を遮断した。

おこん相手に戦うつもりであった。ゆっくりと目を閉じると、見る見る周吉の身体が稲荷の薄闇に溶けた。

それを見て、おこんは、

――ふん。たかがオサキモチが、このおこんさまに逆らうとはね。

と、呆れたような、それでいて、どこか面白がっているような口調で呟いた。これから起こることを知っているように見えた。

どこからともなく、生暖かい風が吹いた。

その風にあぶり出されるようにして、暗闇から周吉の姿が浮かび上がった。おこんの目の前に立っている。

そして、周吉の――〝妖狐の眼〟が開いた。黒飴のように真っ黒だったはずの目の玉が、鈍色に耀いていた。

錆《さ》びた釘――。

稲荷の空から、何万本もの錆びた釘が、おこん目指して降り注いで来た。それは、おこんの皮膚を貫き、身体の中へ入って暴れるはずのものであった。しかし、

――まるっきり、子供のお遊びだな。

と、おこんは笑っている。

逃げるどころか、両手を広げ、錆びた釘を受け入れるような恰好で立っている。

最初の一本が、おこんの身体に触れるや否や、

「じゅッ」

と、焼け石に水滴を落としたような音を残し、錆びた釘は消えてしまった。

周吉の額にじっとりと汗が浮かんだ。一方のおこんは涼しい顔をしている。汗一つどころか髪の毛一本、乱れていなかった。

さらに、数え切れないほどの錆びた釘が、おこんの身体目がけて降ってくる。おこんは、釘どもを見ると、ふん、と鼻で笑い、

――田舎者は加減を知らぬ。暑苦しい話だ。

と、眉をぴくりと上げた。

他に何をしたわけでもない。

たったそれだけのことであった。それなのに、〝妖狐の眼〟は破られてしまった。

おこんの身体に突き刺さるはずの錆びた釘どもが、踵を返し、空へ吸い込まれていく。その様子は、地から天へ向かって雨が降っているように見えた。

釘どもが一本残らず、空に吸い込まれてしまうと、周吉とオサキは静寂に包まれた。ぴりぴりと皮膚が痛くなるような静寂であった。

――周吉……。

オサキの声が、やけに耳についた。

しばらくの沈黙の後、立ちつくす周吉とオサキに向かって、おこんが、にやりと笑った。次の刹那、

「ぎゃあああああああああああぁぁぁあぁあぁあッ」

と、周吉が悲鳴を上げ始めた。

血を吐きながら、地面をのたうち回っている。

錆びた釘は、おこんではなく、術を使ったはずの周吉本人の身体の中へ入り込んだのであった。

腹の中で錆びた釘が暴れている。

焦げつくような激痛が周吉の身体を貫く。生まれて来たことさえ後悔するような痛みだった。

——おい、周吉ッ。周吉ッ。

オサキが喚《わめ》いている。

——もうこれくらいでいいだろう。

おこんが、そう言ったとたん、周吉の身体から錆びた釘が消えた。焦げつくほどの痛みもなくなっていた。〝妖狐の眼〟は、相手の目を覗き込み、傷をつけず相手を痛めつける術である。消えてしまえば、たいしたことはない。傷さえ残っていない。

しかし、力の差は歴然としている。

目の前に立ちはだかっている相手が悪かった。

式王子さえ叩き落としてしまう王子稲荷の親分狐である。やはりオサキモチごときが、どうにかできるわけがない。

——お江戸の狐は、本当に意地悪だねえ。ケケケケケッ。

軽口を叩きながらも、観念しているのか逃げようともしないオサキであった。

が、そんなふたりに向かって、

——お主ら、何をぐずぐずしておるのだ？

おこんが不思議そうな顔を見せた。

「え？」

周吉には、おこんが何を言っているのか分からなかった。

このまま、ふたりまとめて殺されてしまうことを覚悟していたのに、親分狐はそんな素振りも見せない。おこんは、苛立ったように、

──ぐずぐずしておる場合か、虚者《うつけ》どもが。さっさと鵙屋へ行かぬか。燃えてしまってもよいのか。

と、言ったのだった。

燃えてしまうも何も、べニ様を行かせたのは、おこんである。しかし、問い詰めている暇はない。

事件のからくりが見えないまま、周吉は姿を闇に溶かすと鵙屋へ向かった。

べニ様よりも遅れたものの、ふたりは鵙屋に着いた。周吉はオサキを懐に、薄闇の中に姿を溶かしていた。

鵙屋のそばまでやって来ると、静まり返った闇の中に、ちろちろと燃えている小さな火が見えた。

誰かが鵙屋へ火をつけようとしている。

その誰かは、火のついた紙の束を、庭の枯れ草へと放り捨てようとしていた。

しかも、人影は一つではない。火のついたぼろ切れを持っている者の他にも、五人の影があった。

「さっさとしねえか」

そんな声が聞こえた。

火のついた紙の束を持っている者が、小突かれている。その男は、おどおどとした仕草で、火のついたそれを枯れ草へ放った。乾いている枯れ草に火が広がり、あっと言う間に、鵙屋の母屋へ燃え移ろうとしたとき、紅色の狐があらわれた。

ベニ様である。

何の躊躇《ためら》いもなく、燃えている炎へ身を投げ出すと、全身を使って火を消し始めた。紅色の毛が何本も散らばったものの、見る見るうちに、枯れ草に放たれた火は勢いを失っていく……。

火付け現場で目撃されている狐は、やはりベニ様であった。そして、ベニ様が火付け現場にいたのは、火をつけるためではなく、消すためだった。

もともと、ベニ様は、家康公が、火事の多い江戸を鎮めるために作った稲荷神社のつかわしめ。とすれば、身を挺《てい》して火事を消すのは、当然のこと。何しろ、家康公直々に仰せつかった役目であるのだから。

思い返してみれば、本所深川で狐火騒動は起こっているものの、大火にはなっていない。小火で済んでいるのは、べニ様の力だったに違いない。火をつけようとする人の邪《よこしま》な心が読めるのかもしれぬ。そんなべニ様だからこそ、大食い合戦の会場から抜け出した男の怪しさにも気づいたのであろう。

——お江戸のお狐は偉いんだねえ。ケケケケケッ。

オサキの笑い声が大きかったのか、べニ様が気づいたらしい。火を消し終わると、灰にまみれたまま、こちらへやって来て、こんなことを言った。

——後《せ》は、そなたたちに、任せてよいか？

気が急いているようであった。

周吉にも、べニ様が何を気にかけているのか分かった。

きっと、お蝶のことだろう。

最初から、周吉とオサキに打ち明けてくれれば、よかったと思わないこともないが、べニ様にしてみれば、他人に大事なお役目を言えるわけもない。

明暦三年、西暦でいうと一六五七年にあった振袖《ふりそで》火事によって、江戸を火の海にしてしまった汚名を濯《そそ》ごうと、意固地になっていたのであった。この振袖火事で、十万人が死に、あろうことか、江戸城の天守閣まで燃えてしまっている。

家康公由来の狐という誇りのためか、おこんに頼ることさえ潔しとしなかったらしい。武士というやつは、本当に面倒くさくできている。

しかし、その一方で、火を消すためとはいえ、大食い合戦の途中で、自分を信じてくれたお蝶を放り出してしまったことを、気に病んでいたに違いない。

今だって、周吉とオサキに、

――任せてよいか?

と、言っておきながら、迷ったような顔をしている。自分の口から、町人風情を頼る言葉が出てしまったことに驚いているのかもしれない。不器用で融通が利かない狐なのだろう。

――後は、おいらに任せておくといいよ。

融通が利き過ぎるオサキが、勝手に請け負っている。

(勝手なことを言うオサキだね)

と、思いはしたものの、周吉にも異存はなかった。鵙屋を守るのは周吉の役目であったし、稲荷神社で危うくベニ様を殺しかけている。

思い返せば、式王子を投げつけたとき、都合よく、おこんが出て来たのも、ベニ様と仲間《ぐる》だったからではなく、田舎者の周吉とオサキが、ベニ様に何をしでかすか分かったものではない、と危ぶんでいたからに違いない。

——周吉は、本当におっかないねえ。ケケケケケッ。

オサキときたら、周吉の懐から顔だけちょこんと出して威張っている。

ベニ様が行ってしまうと、周吉は目の前に立っている男に目を移した。

そこには、江戸松鰻の若旦那の半八が、金貸しの権左と、その破落戸手下どもに小突かれながら立っていたのだった。

十一　江戸嫌い

どうして、こうなっちまったんだろう。

何度も何度も、そんな言葉ばかりが、半八の頭に浮かんでは消えていた。権左やその手下の破落戸どもに小突かれるたびに、ぐるぐると頭の中を巡っていた。

ちょっとしたお遊びのつもりが、借金まみれになり、気がついたら京に本店のあるほどの料理屋の跡継ぎが火付けに手を染めていた。

(江戸へなんぞ来なければよかったんだ)

半八は、そう思ったが、すべては手遅れだった。

〇

多くの江戸店と同じように、松鰻も男所帯。しっかり者の番頭が京から一緒に来ていた。半八は、ただの飾り。店にいなくとも何の支障もない。

江戸松鰻では、帳場は番頭が仕切り、板場は料理人が仕切っている。半八の仕事と言えば、町内の寄り合いに出たり、たまにやって来る他の料理屋の主人の話し相手をするくらいだった。

江戸に馴染みの薄い松鰻が呼ばれる寄り合いも少なく、店へやって来る料理屋の主人の数も少なかった。

(まあ、楽でいいや)

最初はそう思っていた。

京の本店の父は厳しく、これまで息を抜く暇もなかった。数年もすれば、京の松鰻を継ぐことになるであろうが、それまでの間、半八は江戸の町でのんびりする気だった。

しかし、江戸には女の数が極端に少ない。のんびりすると言っても、女のいない町は苦痛でしかなかった。

手を出すどころか、からかう娘の姿さえも見あたらない。吉原の遊女や深川芸者を相手にしようとしても、口ばかりでお坊ちゃん育ちの半八には敷居が高かった。しかも、しっかり者で石頭の番頭は、女と遊ぶ銭など出してくれない。

そんなとき、鵙屋の一人娘お琴を見かけたのだった。お琴は習い事にでも行くつもりなのか、おとなしそうな小女を連れて、とことこと歩いていた。

聞けば、このお琴は献残屋の娘で、本所深川の小町娘だという。ちょいと気の強そうな顔をしているが、京でさえ見たことのない美しい娘だった。

半八はお琴から目を離せなくなっていた。

「お嬢さんを松鰻の嫁にくれませんか？」

その翌日には、半八は鵙屋の主人夫婦の前で頭を下げていた。お琴のことは、本家の親には話していないが、京にいるときから、父には、

「嫁くらい自分で見つけるんだぞ」

と、言われていた。

本気で、そんなことを言っているのではなく、口ばかり達者で、てんで意気地のない半八を焚きつけていたつもりなのだろう。そのくらいのことは、半八にも分かっていた。松鰻の跡取りの嫁である。仕切りたがり屋の父が口を出さないはずはない。半八の気持ちと関係なく、何もかも父が決めてしまっても不思議はない。

それでも、お琴くらい美しく、身元もしっかりしている娘であれば、父も反対をし

ないだろうと思った。万一、反対をされたら、江戸の小娘など捨ててしまえばよい。半八は、至って軽く考えていた。とにかく、女っ気のない生活にうんざりしていた。

こんなちっぽけな献残屋風情に頭を下げているのだから、間違っても断られるはずはない。そうも思っていた。しかし、

「うちは一人娘でございます。申し訳ございませんが、お琴をそちら様へやってしまうわけには参りません。どうか、お引き取りくださいませ」

と、けんもほろろ、きっぱりと断られてしまったのだった。

後に聞けば、松鰻の悪い評判を聞いた鵙屋の主人の安左衛門が、半八のことを嫌ったという。松鰻の評判は本所深川では芳しくない。

松鰻の番頭は、しっかり者ではあったが、この男も包丁人ではない。手っ取り早く儲けるためにと、近所の鰻屋の料理を真似し、それを安く出した。客は来るものの、地元の料理屋の者たちには蛇蝎《だかつ》のごとく嫌われた。その話を鵙屋安左衛門が耳にしたのだろう。商売人が、地元で嫌われている料理屋と縁を結ぶはずがない。

しかも、お琴には、思い人がいた。驚くことに、それは、鵙屋の手代であるらしい。その手代は、身体一つで、山奥の村から出て来たというのに、鵙屋夫婦にかわいがられ、お店の跡継ぎになるというのである。言ってしまえば、半八は、どこの馬の骨と

も分からぬ手代風情に負けたのであった。

（馬鹿にしやがって）

半八は荒れた。

しかし、荒れてみたところで、包丁さえも握れぬ料理屋の若旦那であることに変わりはない。たまに店先に顔を出しても邪魔者扱い。居場所さえなかった。

そこから先の転落は速かった。

銭を作るため、博奕に手を出した。

最初は面白いように勝つことができた。手持の銭が十両二十両と増えていった。松鰻の一日の稼ぎよりも、多い銭を博奕で稼ぐ日も珍しくなかった。このころの半八は、いっぱしの博奕打ち気取りであった。

銭を稼ぐことは時間がかかるが、使ってしまえば一瞬で消えてしまう。大きな賭場《とば》では、百両二百両の銭がぽんぽんと飛び交う。田畑や地所を賭ける者もいた。よしておけばいいのに、博奕打ち気取りの半八は、

「一生遊んで暮らせるくれえの銭を稼いでやるぜ」

と、嘯《うそぶ》きながら大きな賭場へ出入りするようになったのだった。

一文なしになるまでに、三日もかからなかった。さらに、その数日後には、丸裸どころか、気づけば賭場へ借金を作っていた。半八に銭を融通してくれたのは、金貸しの権左というでっぷりと肥えた五十がらみの男であった。みるみるうちに利息がふくれ上がり、いつの間にか、半八の借金は百両近くになっていた。

借金の取り立ては、権左の手下や、雇われている破落戸どもの仕事であった。半八のように地方から出て来た江戸店の、暇を持て余している若旦那をはめては銭を吐き出させるのであった。江戸の高利貸しにしてみれば、地方から出て来た若旦那をはめることなど、赤子の手をひねるようなもの。利息が膨れ上がるのを待って、地方の本店を脅すこともあったという。

堅気風の手下が松鰻へ顔を出しては、ひとけのない稲荷神社へ呼び出し、

「貸した銭を返すのは、道理じゃねえのか。当たり前のことだろ？　おう、鰻屋の若旦那さんよ」

と、半八を責め立てるのだった。

博奕打ちを気取ってみたところで、本物の破落戸を相手にする度胸が半八にあるわけはない。食いもの屋が日銭商売であるのをよいことに、半八は番頭の目を盗み、一両二両と抜き取っては、破落戸どもの機嫌を取るためにくれてやっていた。

江戸の者であれば、頑是ない子供であっても、こんな馬鹿げたことはしない。雇われていても、しょせんは破落戸。銭を見せれば、後先考えずに強請《ゆす》りにかかるようにできている。しかも、どこから聞いたのか、

「京の親父さんに知られたら、家を追ん出されるんだってな。若旦那ってのも、大変だな」

酒代がなくなると、半八を呼び出すのだった。そのたびに、半八は、お店の銭を持ち出していた。

それに番頭は気づいたらしく、半八の顔をじろりと見ては、

「帳簿の勘定が合わないのです。あんまり勘定が合わないようでしたら、京の旦那さまへ相談しないとなりません」

と、言うようになっていた。

破滅は、すぐそこまで迫っていた。

その日も、半八は朝早くから稲荷神社へ呼び出された。朱引き稲荷という名の神社で、破落戸どもの溜まり場になっていた。

行ってみると、早い時刻ということもあってか、破落戸は一人しかいなかった。い

つものように、破落戸は安酒のにおいをさせていた。しかも、足もとが、ふらふらと、おぼつかなくなっている。夜を徹して酒を飲んでいたのだろう。完全に酔っ払っている。

「若旦那、朝から呼び出してすまぬなぁ」

そう言うと、破落戸は半八へ酒臭い息を吹きかけた。

安酒のにおいが半八の顔をぬめった。顔を顰めた半八に、にやついたまま、破落戸は言った。

「ちょいと銭を貸してもらえねえかい」

「銭はありません」

番頭に何か言われたのか分からぬが、来月には、京から父が江戸見物を名目に、こちらへやって来ることになっている。あの父のことだから、江戸見物なんぞするわけがない。店の帳簿と商売の様子を見に来るに決まっている。

半八の頭に、使い込みがばれて、父と番頭から責められている自分の姿が思い浮かんだ。散々、罵《ののし》られた挙げ句、跡継ぎになれぬどころか、お店から追い出されてしまうだろう。半八は料理人の修業もそろばんも途中で投げ出していた。

追い出されてしまっては、軟弱な半八のこと、行き場どころか生きていくことさえできない。これ以上、店の銭に手をつけるわけにはいかなかった。それどころか、一刻も早く、これまで使い込んだ銭を返さなければならない。

しかし、破落戸には、半八の人生など関係ない。酒代が欲しいだけであった。

「ふざけたことを抜かしてねえで、さっさと出しねえな」

不機嫌に詰め寄ってくる。

「持っていないのです」

実際に、懐には一文の銭も入っていなかった。

酒毒に冒されている破落戸は、半八の言葉を聞いて怒り狂った。酒が切れて来たのだろう。

「帳場から取ってくりゃあ、いいじゃねえか。おめえが行かねえなら、おれっちが行って来てやろうか？」

半八を嬲り始める。

「勘弁してくれませんか……」

顔面蒼白になった半八が面白かったのか、破落戸は図に乗った。

「若旦那はここで休んでいろよ。おれっちが生意気な番頭から銭を取ってきて、ちゃんと、おめえの分の酒も買ってきてやるからよ」

せせら笑いながら稲荷神社から出て行こうとした。

このまま行かれては、博奕狂いが知られ、何もかもが終わってしまう。そう思ったのだった。半八は、

「行かせるものか」

と、似合わぬ大声を上げると、破落戸にむしゃぶりついた。

破落戸にしてみれば、青瓢箪《びょうたん》で肝っ玉の小さい半八が、まさか自分に向かってくるとは思っていなかったのだろう。明らかに油断していた。押された拍子に、酒の酔いも手伝ってか、仰向けに倒れてしまった。

がつんと鈍い音が聞こえた。そして、倒れた姿勢のまま、破落戸はぴくりとも動かなくなってしまった。

「おい、あんた」

おそるおそる声をかけてみた。しかし、

「…………」

破落戸は動かない。

瞼《まぶた》を開き、倒れた姿勢のまま、ぴくりとも動かない。びくびくしながら見てみると、祠の破片らしき大きな石が破落戸の頭の下にあった。じわりと血の染みが地面へ広が

り始めていた。

半八は動かぬ破落戸に聞いてみた。

「死んじまったのかい……？」


いつ、岡っ引きが松鰻へやって来るのかと、人殺しの半八はガタガタと震えていた。昼夜を問わず布団の中に潜り込んでいた。さらに、半八を震え上がらせたことがある。破落戸を殺し、松鰻へ帰ってから、懐を探ると煙草入れがなかった。朱引き稲荷で落としたのだろう。肝っ玉の小さな半八は、これを拾いに行く気力すらなかった。

しかし、誰も半八を捕まえに来なかった。

石川五右衛門《いしかわごえもん》の辞世の句に、「浜の真砂《まさご》は尽きるとも、世に盗人の種は尽きまじ」という文句があるが、江戸の人の数は真砂より多い。年中、騒ぎを起こしている破落戸なんぞは、どこにでもいる。それに対して、取り締まる側は人手不足であった。

持て余し者の、破落戸の一人や二人が死んだところで町方は動かない。十手どころか、毛一本だって動かす気はないのだろう。

さらに、死んでしまった破落戸が、朱引き稲荷の祠を壊した男であったために、

「お狐様の祟りだな。ざまあみろってんだ」

と、うやむやになってしまった。

そのことに、いちばん驚いたのは、殺しをやった半八だった。

(へ、こんなものなのかい)

悪いことをすれば、岡っ引きに引っぱられると思っていた半八にしてみれば、天地がひっくり返るくらいの驚きだった。

十手《じって》から逃れることはできたが、下っ端の破落戸が死んでも半八の借金は減らない。それどころか、賭場の利息とやらで、借金は増える一方。

人殺しがあったためか、朱引き稲荷へ呼び出されることはなくなっていたが、借金の催促は矢のように続いていた。金貸しの権左自身が顔を見せることもあった。日に日に取り立ては厳しくなっていた。

さらに、そうこうしている間にも、父が京から出てくる日が近づく。再び、帳簿の穴を、どう埋めるかで、半八の頭はいっぱいだった。

そんなとき、京から江戸へ出て来た料理屋の主人が店へ顔を出した。

この四十がらみの男は、両国で、こざっぱりとした料亭をやっている。同じ京からの出店のよしみなのか、ときおり松鰻へ顔を出す。半八と同じように、どこか江戸に馴染めていないようであった。そのためなのか、半八とは馬が合った。

　この日も、座敷へ上がり込んで半八の他に人影がないのを確かめると、明け透けな話し方で、愚痴を言い始めた。

「江戸というのは、本当に住みにくい町でございますな。何をやるにつけても、銭《おあし》が必要で始末に負えませぬ」

「何かございましたかな？」

「いやいや、それがひどい目にあいましてな」

と、茶をすすりながら話し始めた。店の敷地から小火を出してしまったというのである。

「それは大変でございましたな」

　名ばかりであるが、半八も料理屋の主人である。江戸で小火が嫌われていることくらいは知っていた。火事も怖いが、噂になって追い出されるのも怖い。

「見つけたのが、出入りの職人でございまして、いくらか包んで黙らせました」

　銭を要求されたわけではないが、口止めを兼ねて渡したというのである。

　その後も、ぐちぐちと愚痴を言い続けていたが、半八は聞いていなかった。銭を稼ぐ方法を思いついたのだった。

やってみれば、火付けは簡単なことだった。

半紙に店で使う油を薄く染み込ませ、火打ち石を打てば、火はおこる。それを枯れ草めがけて放っておけばよいだけであった。枯れ草が多かったり、建物が近くにあるときは、大火事にならぬように火付けをやめれば済む話だった。

火付けをするときも、疑われることを避けるため、わざと奉公人の目のつく時刻に火をつけて、たまたま通りかかったように装った。

半端者ではあったが、そこは料理人の家に生まれ育った半八だけあって、料理屋の造りや奉公人の動きも知っているし、火の扱いなど、お手のものであった。どのくらいの火の大きさになると手に負えないかを知っていた。

小心な半八だけあって、庭にある稲荷様を粗略に扱っている料理屋へ火をつけることにしていた。

なぜ、こんなことをするのかといえば、狐火をちらほらと見かけるという流言に便乗すれば、小火が表沙汰や噂になったときでも、

「稲荷様を大事にしていねえ店だから、罰が当たったんだ」

と、言われると考えたからだった。

破落戸殺しでさえ、お狐様の祟りになるような町である。半八の思い通り、信心深い江戸っ子たちは、祟りであると信じた。

たいていは、強請らなくとも、騒ぎが起こったころに顔を出して消火を手伝うふりをしていれば、松鰻の若旦那が手伝ってくれているということもあって、口止めを兼ねた一両くらいの銭をくれる店も少なくなかった。

しかし、百両の借金の前には一両など焼け石に水。借金を返すどころか利息の足しにもならない。帳簿に開けた穴を埋めることもできやしない。取り立てに来た破落戸どもに酒代としてつかませ、黙らせるための小遣い銭にしかならなかった。

だが、半八にも勝算がある。

その勝算とやらが、本所深川の鰻の大食い合戦だった。

たまたま大川の袂の屋台で出会った花車が、佐平次という元締めを憎んでいるのを承知の上で利用し、賞金で借金を返し帳簿の穴埋めをするつもりだった。

しかし、本所深川には化け物のような大食漢がいた。

それが柳生蜘蛛ノ介であった。

合戦の数日前に広小路で見た蜘蛛ノ介の食いっぷりは人間離れしていた。このじいさんに比べると、花車など子供のようだった。しかも、蜘蛛ノ介とやらは、鵙屋の手代、周吉と顔見知りであるらしく何やら話していた。

（また、おまえかっ。いつもいつも邪魔をしやがって）

鵙屋の娘を嫁に欲しいと頭を下げ、けんもほろろに断られたことが脳裏に蘇《よみがえ》った。

この周吉という若者が、お琴の思い人の手代だった。

手代風情に負けたことが許せなかった。思い返すたびに、半八の奥歯が、ぎりりと鳴った。

自分を袖にしたお琴と、生意気な周吉への意趣返しに、鵙屋へ火をつけてやろう。半八はそう決心すると、居ても立ってもいられなくなり、鵙屋の庭先へ忍び込んだのだった。

しかし、料理屋以外に火をつけるのは、初めてのことだった。要領も分からなければ、献残屋という職業が何をやっているのかも分からない。奉公人が何人いて、どんなことをやっているのかも知らなかった。

怒りに任せて、鵙屋までやって来たのはよかったが、半八は半端な若旦那にすぎない。肝っ玉も小さく、格別頭の動きがよいわけでもない。あっと言う間に、半八は、途方に暮れてしまった。

（今日のところは引き上げるか……）

と、何度も考えた。

火付けは天下の重罪。見つかれば、火あぶりの刑に処されてしまう。

思い切れず、行ったり来たり、きょろきょろと周囲を気にしていた半八の目に、庭先にある小さな倉が見えた。

（ふん、献残屋風情が、生意気に倉なんぞ建てやがって）

と、毒づいてから、ふと気づいた。

（あれを燃やしちまえばいいんだ）

近くへ行ってみれば、用心の悪いことに、鍵がかかっていなかった。火をつけてくれと言わんばかりである。

半八は懐に入れてある火打ち石と、薄く油を染み込ませた紙の束を取り出し、かちんかちんと火をつけて、倉の中へと放り込んだ。

後は逃げ出すだけだった。

火付けくらい簡単な仕事はない。半八はそう思っていた。

十二　真打ち登場

花車を見限って、大食い合戦の会場から抜け出したところ、半八は権左とその手下たちに囲まれた。

ひとけのない路地裏に連れて行かれ、ひとしきり小突き回された後、

「おめえみてえな馬鹿野郎は、見たことがねえや」

金貸しの親玉、権左が目の前で、せせら笑っていた。

「うちの手下を殺したのは、おめえだろ？」

権左に決めつけられた。思いもかけぬ言葉に、半八は、

「ち、ち、ち、違う」

と、否定したものの、ガタガタと震えていては話にならない。しかも、

「これ、おめえのだろ？」

権左は、半八が朱引き稲荷で落とした件《くだん》の煙草入れを持っていた。

「このごろの堅気の旦那は、おっかねえよな。銭を貸してやって、返してもらいに行くと、殺されちまうんだからよ。金貸しなんぞやるもんじゃねえな」

権左の台詞に、手下どもが「違えねえや」と声を立てて笑った。殺された破落戸のことを気にしている者など一人もいなかった。

真っ青になったのは半八だった。何もかも知られている。半八は、

「何の話をなさってるのか、さっぱり分かりません。あたしは急ぐんで、これで失礼しますよ」

と、逃げ出そうとした。とたんに、

「勝手に行くんじゃねえ」

怒鳴りつけられた。

賭場の金貸しの親玉をやっているだけあって、どすの利いた声だった。半八の足がぴたりと止まった。すると、今度は穏やかな声になる権左であった。

「まだ、話は終わっちゃいねえ。もうちょいと付き合いな」

人を脅す稼業だけあって、ツボを心得ている。半八などが敵う相手ではない。こうなってしまっては、「へえ」と、返事をすることしかできなかった。

ぬめりとした声で権左が聞く。

「半八、おめえ、どこへ行くつもりだったんだ？」

無い袖は振れぬ、というが、袖をもぎ取ってでも、それを振るのが金貸しの権左であった。言いたくないで済むわけがない。半八は何もかも、しゃべらされてしまったのであった。

「ふん。火なんぞつけたって、一銭にもならねえだろが」

権左は鼻で笑った。

半八の背中にぞくりと悪寒が走った。

「燃やすついでに、押し込んじまえばいいじゃねえか。どれだけ盗んだって、燃やしちまうんだから、分かりゃしねえよ」

金貸しは言った。

鵙屋へ行ってみると、どこもかしこも戸締まりされていた。

店を留守にするのだから、戸締まりをするのは当然のこと。後先考えずに、のこのことやって来た半八たちの方が間抜けというものである。

「ちっ」

権左が舌打ちをしている。この権左は、破落戸どもを飼っていても、ただの金貸しに過ぎない。錠前破りなどできやしないのだろう。

（これで泥棒にならずに済む）

半八は、ほっとした。

十両盗めば首が飛ぶほど、江戸の刑罰は厳しかった。小銭を稼ぐことはできても、半八に悪事を犯す度胸などない。

しかし、まだ、ほっとするのは早かった。

「おうっ、半八っ」

権左は苛立っていた。

他人に貸すほどの銭を持っていながら、顔役として人の上に立つ器は、佐平次の足もとにも及ばないと噂されるだけあって、ひどく気が短い。

今だって、額に青筋を浮かべて、しきりに舌打ちをしている。逃げ出してしまいたかったが、そんなわけにはいかない。

半八は、権左の前に立つと、御用聞きよろしく、

「へえ」

と、頭を下げた。

そんな半八に、権左は蝮《まむし》の声で命令する。

「燃やしちまいな」

「へ?」

「へ、じゃねえッ。この胸糞悪い店を燃やしちまえって言ってるんでえ。さっさと火をつけろ」

とんでもないことを言い出す権左であった。

火事場泥棒という言葉があるように、火事のどさくさに紛れた盗み働きは珍しくない。ちまちまと空き巣の真似事をするよりは、半八に火をつけさせ、火事騒ぎを起こした隙に、手下の破落戸どもを押し入らせた方が楽だと権左は思っているのだろう。万一、明るみに出ても、半八のせいにすればいい。権左にしてみれば、半八ほど便利な道具はない。

半八は権左に逆らうこともできず、言われるがままに、一度は鵙屋へ火をつけようとしてみたものの、なぜか燃え上がる前に消えてしまった。

それを見て、権左は「もう一度だ」と言うが、大火事になるようなことなどしたくなかった。火あぶりにはなりたくない。

「勘弁してくだせえ」

額が地面にめり込むほどの土下座をする半八であった。

しかし、権左は他人の命など残飯ほどの価値もないと思っている。せせら笑うと、嬲るように半八を蹴り上げ、怒鳴りつけた。

「ふざけたことを言ってやがるんじゃねえ」

「勘弁してくだせえ。火付けにはなりたくねえ」

鼻血をぬぐいもせず、半八は権左に縋りつく。

そんな半八を見て、権左の笑みが大きくなった。

「半八、おめえ、忘れたんか？」

「……」

権左が何を言おうとしているのか、半八には分からなかった。

「素っとぼけてるんじゃねえ。おめえ、先《せん》に、人を殺めてることを忘れてんじゃねえのか？」

と、半八の煙草入れを見せる。

「帰りてえのなら、さっさと帰んな。そのかわり覚悟をしておけ」

表沙汰になれば、ただでは済まないだろう。間違いなく、司直の手が伸び、仕置される。

半八は震え上がった。

どちらにせよ、半八はお終いであった。それならば、鵙屋を巻き添えにしてやろう。

半八は震える手で火打ち石を握りしめた。

かちかちと火打ち石を鳴らし、紙に火をつけた。めらめらと燃え出した紙の束を、今度は、鵙屋の建物の脇にある枯れ草の上へ放った。

すぐに紅色の炎が広がり始めた。

と、そのとき、

「おめえら、そこで何をしてやがる？　やめねえか！」

どこかで聞いたような声が、半八の耳を打った。

闇に溶けている周吉の後ろに、弥五郎が立っていた。掃除をしていたのか、雑巾《ぞうきん》の入った水桶《おけ》を抱えている。

訳の分からぬ男の登場に、

「てめえは何だ？」

と、権左が戸惑っている。

――おいら、弥五郎さんのこと、すっかり忘れていたよ。

オサキだけでなく、周吉も弥五郎のことなど頭になかった。弥五郎は、大食い合戦で敗退し、鵙屋へ戻ってきていた。

周吉は、闇から出ると、

「弥五郎さんッ、水桶を貸してくだせえ」

と、奪い取り、ちろちろと燃えている炎へ、これをかけた。まだ燃え始めたばかりということもあって、火は簡単に消えた。

「こいつは、いったい何のつもりでえ？」

弥五郎の目が吊り上がっている。

弥五郎にしてみれば、細い身体をした周吉のこと、まさか優勝するなどとは思っていなかった。

これで鵙屋とも、おさらば。せめて最後のお別れに掃除をしようと水桶に水を汲《く》み、庭の倉へと向かおうと歩いていたところ、火付けに出くわしたのだった。

「おめえらか、五味渕さまの掛軸を燃やした野郎は？」

弥五郎の声は疳《かん》高い。

「大人しくしろッ」

権左が弥五郎を恫喝する。それから、手下どもへ、

「殺《や》っちまいな」

と、命令した。

誰もいないと思っていた鵙屋に二人の奉公人の姿を見つけ、権左と手下どもは本性を見せた。

ぎらりと匕首を抜いたのだった。

火付けの現場を押さえられてしまったからには、周吉と弥五郎の口をふさがなければならない。

(面倒なことになったね)

弥五郎の水桶のおかげで、火は消えたものの、さっきよりも事態は悪くなっていた。

弥五郎が邪魔なのであった。

——おいらが齧ってやろうか?

オサキは血の気の多いことを言うが、まさか弥五郎の前で、そんなことができるわけがない。迷っている周吉に、

——おいらに、いい考えがあるよ。

(何だい?)

——弥五郎さんも齧っちまえばいいと思うよ。ケケケケケッ。

笑ってはいるものの、オサキは本気で言っている。

手っ取り早いかもしれないが、少々やり過ぎである。火付けを咎めようとして、オサキに噛み殺されては、弥五郎だってたまったものじゃないだろう。

とんでもない相談が進んでいることを知るはずもない弥五郎は、

「火付け野郎が、でかい口を叩いてるんじゃねえ」

と、怒鳴り散らしている。

「うるせえんだよ。てめえから、ぶっ殺してやる」

放っておいても、破落戸に刺し殺されてしまいそうな弥五郎であった。

（どうしたものかねえ……）

弥五郎を睨みつけながら、権左は半八に、

「さっさと火をつけちまいな」

と、言っている。鵙屋へ火をつけることを諦めていないようであった。

おそらく、周吉と弥五郎を刺し殺す前に、半八に、火をつけさせるつもりなのだろう。

半八は、匕首を目の当たりにして、がたがたと震え上がり、ぽとりッと火打ち石を落としてしまった。

「さっさと拾えッ」

と、権左に睨まれている。

腰砕けの前屈みで、火打ち石を拾い上げようと手を伸ばした半八であったが、手が震えて拾うことができずにいた。

「す、す、す、すいやせん」

半八の声はうわずっていた。

「臆病もいい加減にしやがれ。てめえは、石一つ拾えねえのか、あん?」

面倒くさくなったのか、権左は、自分で火打ち石を拾い上げようと手を伸ばした。

その刹那——。

がぶりと弥五郎が権左の腕に噛みついたのだった。

弥五郎にしてみれば、賭屋を燃やそうとする権左を許せなかったのだろう。

しかし、刃物を手にしている破落戸に噛みついたところで、どうしようもない。簡単に殴り飛ばされてしまった。

権左は、血走った目で、ぎろりと弥五郎を睨むと、

「ふざけやがって」

と、斬りかかった。

ただでさえ鈍くさい弥五郎が、喧嘩慣れしている権左の匕首をかわせるわけもなく、

棒立ちになっている。

刃が弥五郎の腹に突き刺さる、その刹那、

しゃりん――

――と、鈍色の風が奔《はし》った。

そして、ぼとりと、匕首を握ったままの恰好で、権左の右腕が地面に落ちる。その、ぼとりから、一拍遅れて、

「ぎゃあああああああッ」

金貸しの権左の口から、耳をつんざくような悲鳴があふれ出た。

唖然《あぜん》とする破落戸たちの間に人影が見えた。

血刀をぶらさげて、そこに立っていたのは、柳生蜘蛛ノ介であった。

「刃物なんぞ、振り回すとは危ねえ野郎もあったもんだ」

蜘蛛ノ介ははそんなことを言っている。

さらに、鵙屋へやって来たのは、〝お江戸の剣術使い〟だけではなかった。

「先生こそ刃物を振り回して危ねえじゃねえですかい」

見れば、〝飴細工の親分〟佐平次の姿もあった。しかも、子分どもを連れてきたのか、鵙屋を取り巻くように何人もの人影が見えた。

周吉は聞いてみる。

「蜘蛛ノ介さんに親分さん、どうして、こんなところにいるのですか？」

歌舞伎の二枚目じゃあるまいし、こんなに都合よくあらわれるわけがない。

「本所深川を見回るのは、あっしのお役目ってもんです」

と、佐平次は芝居がかった台詞を吐いて、

「親分さん、気を持たせるでない」

蜘蛛ノ介にたしなめられている。

この言葉を聞いて、佐平次は、へへへと恐ろしい顔に似合わぬ、人懐っこい笑みを浮かべ、

「鵙屋のおかみに頼まれちまったんですよ」

と、言ったのだった。

大食い合戦が一段落し、後片付けを指示している佐平次のところへ、しげ女がやって来て、「ちょいと頼まれておくんなまし」と、頭を下げたという。何の話かと聞いてみれば、鵙屋の様子を見てきて欲しいということであった。

付け火にあえば用心するのは当然のことである。佐平次はそう思い、呑気に団子を食っていた蜘蛛ノ介を連れて、ここまでやって来たのであった。

それなりに、筋が通った話ではあったが、どこかが腑に落ちなかった。

どうも、しげ女には、何もかも知られているような気がするのだった。周吉には、しげ女よりも、オサキや剣術使いよりも、しげ女の方が恐ろしく思えて仕方がない。周吉には、しげ女が、いったい何を考えているのか、予測すらできなかった。

とりあえず、しげ女とお琴は措《お》くとして、今は、権左を斬られた破落戸どもである。この連中、蜘蛛ノ介や佐平次を見て、自棄《やけ》になったのだろう。匕首を振りかざすと、蜘蛛ノ介に襲いかかった。佐平次よりは、じいさんの蜘蛛ノ介の方がくみしやすいと思ったのかもしれない。が、

――馬鹿だねえ。ケケケケケッ。

オサキの笑い声に被るようにして、ひゅぅと蜘蛛ノ介の刀が宙を斬った。

そのひゅぅを追いかけるように、破落戸どもの腕が斬られ、ぴゅっと血が噴き出した。

「柳生新陰流、紅桜《べにざくら》」

蜘蛛ノ介は言った。

それを見て、佐平次が軽く顔を顰めると、蜘蛛ノ介に文句を言った。

「また、斬っちまったんですか」

「安心しなせえ。峰打ちだ。命に別状はねえさ」

と、蜘蛛ノ介は言い切った。

地べたでは、片腕を失った破落戸どもが、痛え痛えと喚きながら、のたうち回っている。命に別状がないとは思えなかった。

「蜘蛛ノ介さん……、だから、峰打ちってやつはですね」

無駄だと知りながらも、周吉は言ってみた。

この剣術使いときたら、峰打ちの意味が分かっていないのか、いつだってあっさりと斬ってしまう。何度、言っても聞きやしない。

その横では、佐平次が子分を使って、手際よく破落戸どもを縛り上げている。蜘蛛ノ介の相手をしながらも、仕事に滞りがないのは、さすがであった。

庭の片隅では、何が起こったのか分からぬまま、弥五郎が呆然《ぼうぜん》と棒立ちになっている。

周吉はおずおずと声をかけた。

「弥五郎さん、後の始末は、わたしがやっておきますから」

一瞬、弥五郎は何かを言いかけたが、ちらりと蜘蛛ノ介を見ると、諦めたようにため息をつき、

「ああ、そうだな。そうさせてもらうよ。周吉つぁん、後は頼んだぜ……」

いつもの台詞を呟きながら、お店の中へ行ってしまった。それを見て、

――また、頼まれちゃったねえ、周吉。

オサキが真面目な顔で言ったのだった。

終　顚末

鵙屋では付け火事件を言い立てなかった。だから、表立って、半八が捕まることはなかったが、人の口に戸は立てられず、半八の火付けや博奕狂いは噂となり、松鰻は江戸から逃げ出した。

一方、梅川へ行ってみると、大食い合戦で活躍した「鰻茶漬け」が食えた。律儀なことに、お梅とお蝶の母子は、「鰻茶漬けを梅川で出していいか」と鵙屋へ菓子折りを持って来て、頭を下げたのだった。

冷めた鰻を旨く食えるだけではなく、大食い合戦で話題となったこともあり、大評判を取ったという。

これ以後、本所深川に「鰻茶漬け」という名物ができたというが、どこまで本当の話かは分からない。

また、お店が繁盛して、暮らし向きにも余裕ができたのか、梅川の庭に小さな稲荷の祠が建てられていた。

そのそばへ行ってみると、紅色の毛が落ちていることがあったというが、これも、どこまで本当の話なのか分からない。

〈参考文献〉

『日本の憑きもの　社会人類学的考察』吉田禎吾（中公新書）
『鬼の研究』馬場あきこ（ちくま文庫）
『憑霊信仰論』小松和彦（講談社学術文庫）
『昭和天皇と鰻茶漬　陛下一代の料理番』谷部金次郎（文春文庫）
『落語にみる江戸の食文化』旅の文化研究所編（河出書房新社）
『江戸風流「食」ばなし』堀和久（講談社文庫）
『図説　江戸料理事典』松下幸子（柏書房）

『江戸の台所　江戸庶民の食風景』（人文社）
『江戸食べもの誌』興津要（朝日文庫）
『彩色江戸物売図絵』三谷一馬（中公文庫）
『江戸商売図絵』三谷一馬（中公文庫）
『江戸の暮らし　CG浮世絵古写真ビジュアルで甦る江戸の町と生活文化（完全版）』（双葉社）
『近世風俗志　守貞謾稿（1）～（5）』喜田川守貞（岩波文庫）
『大江戸番付づくし』石川英輔（実業之日本社）
『妖異博物館』柴田宵曲（ちくま文庫）

この物語はフィクションです。実在する人物、団体等とは一切関係ありません。

宝島社
文庫

もののけ本所深川事件帖　オサキ鰻大食い合戦へ
（もののけほんじょふかがわじけんちょう・おさきうなぎおおぐいがっせんへ）

2010年10月21日　第1刷発行

著　者　高橋由太
発行人　蓮見清一
発行所　株式会社 宝島社
〒102-8388　東京都千代田区一番町25番地
電話：営業 03(3234)4621／編集 03(3239)0069
http://tkj.jp
振替：00170-1-170829（株）宝島社
印刷・製本　中央精版印刷株式会社

ISBN 978-4-7966-7812-4

『このミステリーがすごい！』大賞シリーズ

第1回大賞（金賞）
四日間の奇蹟
浅倉卓弥

脳に障害を負った少女とピアニストの道を閉ざされた青年が、山奥の診療所で不思議な出来事に遭遇する。最高の筆致で描かれた、癒しと再生のファンタジー。

第1回大賞（銀賞）
新装版 逃亡作法 TURD ON THE RUN（上下）
東山彰良

死刑制度が廃止され囚人管理体制が大きく変わった近未来の日本。欲に駆られ結託と裏切りを繰り返す脱獄囚たちを描いた、クール＆クレイジーなクライム・ノヴェル。

第1回優秀賞
沈む さかな
式田ティエン

十七歳の主人公は、父の死の真相を探るために海辺のクラブに潜り込んだ。スクーバ・ダイビングの描写も素晴らしい、湘南を舞台にしたサスペンスミステリー。

第1回隠し玉
そのケータイはXX《エクスクロス》で
上甲宣之

旅行で訪れた山奥の温泉地、そこは恐怖の村だった——。今すぐにそこから逃げ出さないと、片目、片腕、片脚を奪われ、村の〝生き神〟として座敷牢に監禁されてしまう！

『このミステリーがすごい!』大賞シリーズ

第2回大賞
新装版 パーフェクト・プラン（上下）
柳原 慧

「身代金ゼロ！せしめる金は5億円！」前代未聞の誘拐劇は、誰も殺さない、損しない。これは犯罪であって犯罪ではない!?　誘拐ミステリーに新機軸を打ち出した話題作。

いかさま師
柳原 慧

贋作と科学判定、オークションの裏側、失われた名画の謎。幻の画家ラ・トゥールの絵を巡り、虚々実々の駆け引きをするいかさま師たちを描いた、絵画ミステリー。

コーリング 闇からの声
柳原 慧

零と純也は、死体の痕跡を完璧に消し去る特殊清掃を生業としている。ある日浴槽で発見された女の不審な死に疑問を抱き、その謎に迫っていく。美を追求した女の、恐ろしい最期とは!?

第2回優秀賞
新装版 ビッグボーナス
ハセベバクシンオー

ガセのパチスロ攻略法を売る超やり手営業マンの東。軽妙なトークを駆使し大金をふんだくっていたが、ある1本の電話を境に歯車が狂いはじめ……。異色の犯罪小説。

『このミステリーがすごい!』大賞シリーズ

ダブルアップ
ハセベバクシンオー

ビル火災後、冬の時代を迎えた歌舞伎町で、元・ギャンブル&シャブ中毒の早瀬は10円ポーカー屋としてなんとかシノいでいたが……非合法のギャンブル戦争勃発！

ビッグタイム
ハセベバクシンオー

パチスロ攻略法、地下カジノ、競馬のノミ屋殺し。欲が欲を呼び、やがてJRA・GIビッグレースへと舞台をうつす。ケツに火がついた男たちの小悪党小説。

第3回大賞
果てしなき渇き
深町秋生

失踪した娘を捜し求めるうちに、徐々に〝闇の奥〟へと遡行していく父。娘は一体どんな人間なのか。その果てには……。ひとりの少女をめぐる、男たちの狂気の物語。

ヒステリック・サバイバー
深町秋生

帰国子女の和樹は、日本の学校でスポーツ系生徒とオタク系生徒の根深い対立を目の当たりにする。いじめ、対立、苛立ち――すべてをブッ飛ばす、青春ノワール。

『このミステリーがすごい!』大賞シリーズ

ナイチンゲールの沈黙(上下)

海堂　尊

田口&白鳥シリーズ第2弾！　網膜芽腫の子供たちのメンタルサポートを引き受けた田口は、変人役人・白鳥とともに、患児の父親が殺された事件の院内捜査に乗り出した――。

ジェネラル・ルージュの凱旋(上下)

海堂　尊

ある日、不定愁訴外来・田口の元に一通の怪文書が届く。それは救命救急センター部長・速水に対する、収賄疑惑をかけた内部告発だった……。大人気の田口&白鳥シリーズ第3弾!!

ジェネラル・ルージュの伝説

海堂　尊

「ジェネラル・ルージュの凱旋」で人気を博した天才救命医・速水晃一の隠された物語。書き下ろしを含む3部作を収録。そのほか自作解説や登場人物全リストなど、海堂ファン必読の一冊！

イノセント・ゲリラの祝祭(上下)

海堂　尊

おなじみの迷コンビが、霞ヶ関で大暴れ!?　白鳥に呼び出され、医療事故調査委員会に出席することになった田口。そこで目にした医療行政の現実とは？　人気シリーズ第4弾！

『このミステリーがすごい!』大賞シリーズ

第4回特別奨励賞
殺人ピエロの孤島同窓会
水田美意子

孤島に集められた高校の同窓生たちが次々に惨殺されていく。ゲーム的な趣向で次々と人を殺すピエロの正体とは!? 弱冠十二歳の著者が描いた、連続殺人ミステリー。

第5回大賞
ブレイクスルー・トライアル
伊園 旬

懸賞金一億円の大イベント「ブレイクスルー・トライアル」に参加することになった門脇と丹羽。最新鋭のセキュリティ・システムに守られたIT研究所を攻略することはできるのか?!

第5回優秀賞
シャトゥーン ヒグマの森
増田俊也

舞台は極寒の北海道・天塩研究林。小屋に集まった学者や仲間たちに、雪の中を徘徊する凶暴な巨大ヒグマ、シャトゥーンが襲いかかる!! 恐怖のパニック・サスペンス。

第5回優秀賞
当確への布石(上下)
高山聖史

衆議院議員統一補欠選挙をめぐる妨害工作と、絡み合う関係者たちの過去。次第に補選のカラクリが明らかに……。「当確」に向けて加速する、権謀術数の選挙サスペンス。

『このミステリーがすごい!』大賞シリーズ

第6回大賞
禁断のパンダ（上下）
拓未 司

フレンチのビストロを営む新進気鋭の料理人と、人間離れした味覚を持つ料理評論家が覗き見た、美食界の闇とは？ 読者を魅了する★★★美食ミステリー。

第6回優秀賞
パンデミック・アイ 呪眼連鎖《じゅがんれんさ》（上下）
桂 修司

明治維新後、囚人の手で行われた北海道開拓道路工事。鎖塚の上に建つ刑務所で連続怪死事件が起こる。葬られた死者たちの怨念が甦る、戦慄の伝奇ホラーサスペンス！

第6回隠し玉
林檎と蛇のゲーム
森川楓子

ベッドの下から見つかった一億円。謎の札束と殺人事件に巻き込まれた珠恵の運命は……。中学一年生の少女が父親の過去を探る、ドキドキのガールズ・ミステリー。

第7回大賞
屋上ミサイル（上下）
山下貴光

美術の課題のために屋上にのぼった高校二年生の辻尾アカネ。そこで知り合った友人たちと〝屋上部〟を結成する。愛する屋上の平和を守るため、高校生たちが難事件に挑む！

『このミステリーがすごい！』大賞シリーズ

第7回大賞
臨床真理（上下）
柚月裕子

福祉施設で起こった失語症の少女の自殺。その死に疑問をもった臨床心理士の美帆と二十歳の青年・司が協力し醜悪な事件の真相を追う、一級のサスペンス！

第7回優秀賞
毒殺魔の教室（上下）
塔山 郁

小学校で起きた児童毒殺事件。六年生の男子生徒がクラスメイトを毒殺し、その後服毒自殺を遂げた。あれから三十年。ある人物が、事件の謎に迫る。教室が舞台の毒殺ミステリー！

第7回優秀賞
樹海に消えたルポライター～霊眼～（上下）
中村 啓

失踪した友人の行方を追う享子は、次々と不審な現象に遭遇。やがて幽霊や前世の因縁が渦巻く世界に足を踏み入れ――。未来を見通す〝第三の眼〟が彼女を導く、ホラーサスペンス！

第8回隠し玉
死亡フラグが立ちました！
七尾与史

特ダネライターの陣内は、ある組長の死が「死神」という殺し屋によるものだと聞く。「死神」にかかると、ターゲットは24時間以内に〝偶然の事故〟で死亡するという。その恐ろしい正体とは!?